에도괴담걸작선

지은이

쓰쓰미 구니히코 堤邦彦, Tsutsumi Kunihiko

1953년 출생. 도쿄 출신. 교토 세이카 대학교 인문학부 명예교수.

게이오기쥬쿠대학대학원 문학연구과 박사과정수료. 문학박사. 전공은 근세문학. 저서
로는『여인사체(女人蛇体)』,『근세불교설화연구(近世佛教說話研究)』,『에도 괴이담(江戸怪異
談)』,『에도고승전설(江戸高僧伝承)』,『교토괴담순례(京都怪談巡礼)』등이 있음.

옮긴이

박미경 朴美暻, Bak Mi-kyung

1976년 출생. 전주 출신. 헤이안여학원대학교 국제관광학부 준교수.

홍익대학교 시각디자인과 졸업. 교토세이카 대학교 예술학부 석사 수료. 교토대학교대
학원 문학연구과 박사과정 수료. 문학박사. 전공은 한일 대중문화 비교연구, 요괴 비교
연구. 저서로는『韓国の「鬼」—ドッケビの視覚表象(한국의 귀—도깨비의 시각표상)』,『妖怪
研究の最前線(요괴연구의 최전선)』(공저),『怪異・妖怪とは何か(괴이・요괴는 무엇인가)』(공저),
『한국의 도깨비—도깨비로 본 한국의 시각 문화』,『한국 귀신・요괴 사전』등이 있음.

에도괴담걸작선

초판발행 2025년 6월 30일

지은이 쓰쓰미 구니히코
옮긴이 박미경

펴낸이 박성모
펴낸곳 소명출판
출판등록 제1998-000017호
주소 서울시 서초구 사임당로14길 15 서광빌딩 2층
전화 02-585-7840
팩스 02-585-7848
이메일 somyungbooks@daum.net
홈페이지 www.somyong.co.kr

ISBN 979-11-5905-487-7 03830
정가 17,000원

에도괴담걸작선

쓰쓰미 구니히코 지음
박미경 옮김

쓰쓰미 구니히코

일본 에도시대는 대중문화의 시대라고 해도 좋을 것 같습니다. 오랜 전국戰國시대가 끝나고 법과 질서에 근거한 평화를 사람들은 받아들였습니다. 문자를 배우고 언어를 구사하는 서민교육의 확산을 배경으로 민중의 지적 리터러시는 16세기 이전과 비교할 수 없을 정도로 높아졌습니다.

예를 들어 17세기에 시작된 출판 문화는 오락용 읽을거리부터 실용서, 지도나 명소를 소개하는 관광 가이드북 같은 책, 그림책과 우키요에 같은 출판물을 세상에 널리 퍼지게 하여 서민들에게 교양의 일부가 되어 갔습니다. 현대의 일본 만화와 여행의 인기는 에도의 대중 문화에서 시작되었다고 해도 과언이 아닙니다. 또 도시의 극장에서는 악을 물리치는 영웅이 주인공이 되는 역사 드라마가 인형극으로 각색되어 조루리 극장에서 상영되고, 또 유녀의 세계를 그리는 가부키가 서민들의 박수갈채를 받고 있었습니다. 극장은 그야말로 대중문화의 발신지가 된 셈입니다.

이러한 대중문화의 일각에 요괴나 유령을 그리는 괴담물이 문예, 연극, 그림책으로 제작되어 괴담의 유행을 불러왔습니다. 오늘날 일본의 공포 영화의 원점 또한 에도 괴담에 있다고 할 수 있을 것입니다. 이렇게 에도시대는 '괴담의 세기'가 되었습니다.

무엇보다 당시 서민들에게 세상은 즐거운 일만 있는 것은 아니었습니다. 법과 질서의 시대는 다른 관점에서 보면 가혹한 인내를 강요하던 시대이기도 했습니다. 유교 사상에 기초한 도쿠가와 막부의 강권적인 지배 아래 서민들은 가혹한 복종과 억압을 견뎌내야만 했습니다. 이런 가혹한 막부의 권력 아래 신분이 낮은 자, 특히 약자였던 여성이 유령이 되어 에도 괴담의 주역이 되어 갑니다. 이 책의 괴담 속에 여성 유령의 이야기가 눈에 띄는 이유도 그 당시 에도 민중의 소리 없는 목소리를 대변한 것이기 때문일지도 모릅니다. 괴담은 그저 무섭기만 한 것이 아니라 그 시대 사람들의 마음을 옮겨 놓은 그림이기도 했습니다. 이 책을 통해 400년 전 일본 민중의 생활 속에서의 감정과 시대상을 이해해 주시면 감사하겠습니다.

또한 저는 고전 괴담을 소개하면서 가능한 한 당시의 분위기를 재현하기 위해 노력했습니다. 사무라이는 사무라이다운 말투로, 여성은 여성의 말투를 살려 번역을 했기 때문에 지금의 일본어와 다른 고전적인 정취와 표현을 느낄 수 있습니다. 박미경 선생님의 한국어 번역은 이런 문체의 특성을 고려하여 완성되어 있다고 생각합니다. 이 책이 옛 일본의 감성과 괴담의 모습을 알 수 있는 좋은 기회가 되기를 바랍니다.

일본 옛 여름 풍속이라고 하면 빙수, 모기향, 불꽃놀이, 환등회,[1] 라디오 체조 등을 들 수 있는데, 그 중에서도 쇼와^{昭和}시대[2]를 느끼게 하는 전형적인 풍속이라면 납량 특집 귀신의 집이나 공포 영화 만한 게 없을 것입니다. 무엇보다 사람들의 간담을 서늘하게 하고 더위를 쫓는 데 가장 적합한 풍속이었기 때문입니다.

매년 여름이 돌아오면 사찰이나 신사의 경내 근처 강가나 공터에 '귀신의 집'이라는 가건물이 늘어서고 여기저기 영화관에서는 〈요쓰야 괴담^{四谷怪談}〉[3]이나 〈가사네 연못^{累ヶ淵}〉[4] 같은 고전 괴담 명작들이 여름 흥행을 기다리고 있었습니다. 전봇대에 붙은 귀신 영화의 섬뜩한 포스터는 그 앞을 지날 뿐인데도 간이 쪼그라들게 만들었습니다. 추석이 가까워지면 동서고금의 괴담 명

---

1 무대와 객석의 구분 없이 무대 곳곳을 이동하면서 관람하는 형식의 공연.

2 1926년 12월 25일부터 1989년 1월 7일까지 사용된 연호.

3 원록 연간에 일어났다는 사건을 바탕으로 쓰루야 남보쿠(鶴屋南北)가 창작한 가부키 극본으로 대성공을 거둔 작품. 에도의 요츠야쵸(四谷町)(현 토요시마구(豊島区)를 무대로 한다. 기본적인 줄거리는 부인 오이와(お岩)가 남편 타미야이에몬(田宮伊右衛門)에게 살해당하고 유령이 되어 복수를 한다는 내용이다. 일본에서 가장 유명한 괴담이라고 할 수 있는 스테디셀러로, 여러 차례 연극이나 영화, 텔레비전 드라마화 되어 왔다.

4 이바라키현 조소시 하뉴 마을(茨城県常総市羽生町)에 전해지던 카사네라는 여귀와 그 제령에 관한 이야기. 에도의 극작가 4대 쓰루야 남보쿠가 〈色彩間刈豆(이로모코카리마메)〉라는 제목으로 가사네 이야기를 가부키 시리즈로 만든다. 또 산유테이 엔초(三遊亭円朝)는 이 이야기로 〈신케이 가사네가후치(真景累ヶ淵)〉를 썼다.

작이 영화관뿐 아니라 심야의 텔레비전과 라디오를 떠들썩하게 했습니다. 쇼와의 여름은 괴기와 환상으로 넘쳐났습니다.

1970년대 말, 8월이었을 것입니다. 요코하마 시외의 한 절에서 나카가와 노부오中川信雄 감독을 초대해 그의 영화 〈요쓰야 괴담〉을 상영했습니다. 무더운 여름의 어느 밤, 정령을 맞는 향 연기에 휩싸인 경내 구석에서 혼을 위로하는 종교적 분위기와 은막의 오이와お岩, 〈요쓰야 괴담〉의 여주인공가 하나가 되어 말로 형언할 수 없는 불가사의한 정취에 휩싸여 있었습니다. 전신의 털이 곤두서는 귀신 이야기를 즐기고 무서운 것을 보고 싶어 하는 호기심이 전통적 추석 행사가 벌어지는 시공간과 융합되어 괴담의 계절감을 훌륭하게 연출한 행사였습니다.

괴담이 여름을 대표하는 풍속이 된 것은 언제부터였을까요? 역사를 거슬러 올라가 보면 아마도 그것은 17, 18세기 괴담의 유행과 무관하지 않을 것입니다. 에도시대 오락 문화의 확대와 함께 여름 괴담은 마치 연중 행사처럼 서민 생활 속에 정착하였습니다.

에도 초기의 출판 문화의 융성을 바탕으로 이미 17세기 말에는 삽화가 들어 있는 괴이 소설들이 차례로 간행되었으며 가부키歌舞伎,[5] 조루리浄瑠璃[6] 등에 나오는 변신 요괴 이야기, 원령사[7]의

---

[5] 겐로쿠(1688~1704) 연간, 남성이 여성의 역할을 하는 예능의 하나로 인기가 있었다. 여장 예능에는 이러한 예능 표현에 여자가 질투나 사랑의 원한으로 고양이나 원혼으로 변신하는 〈질투 이야기(嫉妬事)〉, 〈원혼 이야기(怨霊事)〉 가 많았다.

흥행이 괴담의 유행에 한층 박차를 가했습니다. 18세기에 등장한 요괴 사전 형식의 그림책 토리야마 세키엔(鳥山石燕)[8] 등의 등장은 보이지 않는 세계를 도상화하고 구현했다고 말할 수 있을 것입니다.

나아가 유령이나 괴이의 사상적 배경을 만들어낸 통속 불교의 보급도 무시할 수 없습니다. 단가제도[9] 아래서 세력을 넓힌 에도시대의 사원들은 사람들의 이목을 끌기 쉬운 인과因果, 인연因縁의 무서운 보복의 이야기를 퍼뜨리고 망령의 존재와 그 진혼에 법력을 발휘하는 고승의 활약상을 소리 높여 전파하였던 것입니다.

반면 민간의 유생이나 학자들은 괴이를 부정하는 입장을 고수하면서도 결과적으로는 '있을 리 없는 유령이나 요괴'의 다양한 변주를 박물지적으로 기록하였던 것입니다. 오락과 표현 문화의 실태나 사상사, 종교사 혹은 시대정신에 비추어 볼 때 에도시대는 그야말로 괴담의 세기라고 하지 않을 수 없습니다.

---

6   가부키(歌舞伎)의 각 글자는 노래·춤·기예를 의미하며, 일본의 독자적인 양식적 민속예능으로 에도시대에 일본의 다양한 전통예술을 종합하여 만들어낸 서민 연극이다.

7   샤미센 반주에 이야기를 풀어나가는 극적 서사 창법의 형식. 분라쿠 인형극과 함께 에도시대에 번성했다.

8   에도시대 중기의 우키요에 화가. 쇼토쿠(正德) 3년(1713년)생. 에도 출신. 가노 교쿠엔(狩野玉燕)의 제자로 인물화나 요괴의 그림으로 유명하다. 대표작 〈백귀야행(百鬼夜行)〉, 〈석연화보(石燕画譜)〉 등이 있다.

9   일본 불교 사찰이 각 단가의 우두머리가 되어 공양을 독점적으로 집전하는 것을 조건으로 맺은 절과 지역의 관계를 말한다. 에도 막부의 종교 통제 정책에서 비롯된 제도라고 볼 수 있다.

에도 문화의 전통에서 양성된 괴담은 현대의 도시 전설이나 일본 호러 소설과 영화에 어떻게 이어지고 있는지, 전통과 현대는 과연 단절되어 있는 것인지 아니면 보이지 않는 실로 단단하게 이어져 있는 것인지. 이와 같은 괴이의 역사적 변천을 파악하기 위해서는 우선 에도 괴담 중 명작부터 시작하여 모노가타리조시物語草子, 강담講談, 실록実録에 이르는 괴담 문화의 전체적인 그림을 살펴 볼 필요가 있습니다.

이 책은 에도 사람들의 마음을 사로잡았던 공포담을 그 내용에 따라 다섯 개의 테마로 나누고 유명한 이야기는 물론 역사의 어둠에 묻혀 있던 걸작들도 소개하고 있습니다. 도쿠가와德川 막부幕府 300년간의 태평성대를 살아가던 사람들은 환상을 소재로 한 수많은 이야기들 속에 달콤하면서도 슬픈 인간 드라마를 만들어 냈으며 이를 몇 대에 걸쳐 전해 온 것입니다.

그러면 이제부터 괴담을 사랑해 마지 않았던 좋았던 옛 시절의 마음 속 풍경을 느껴보시길 바랍니다.

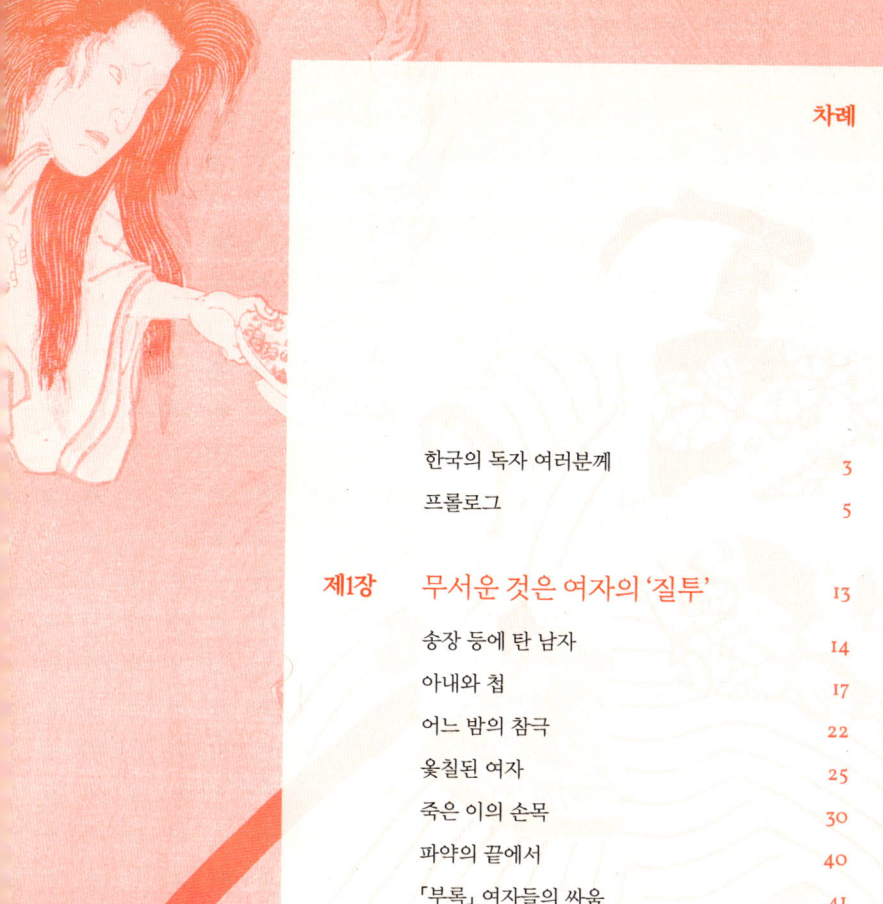

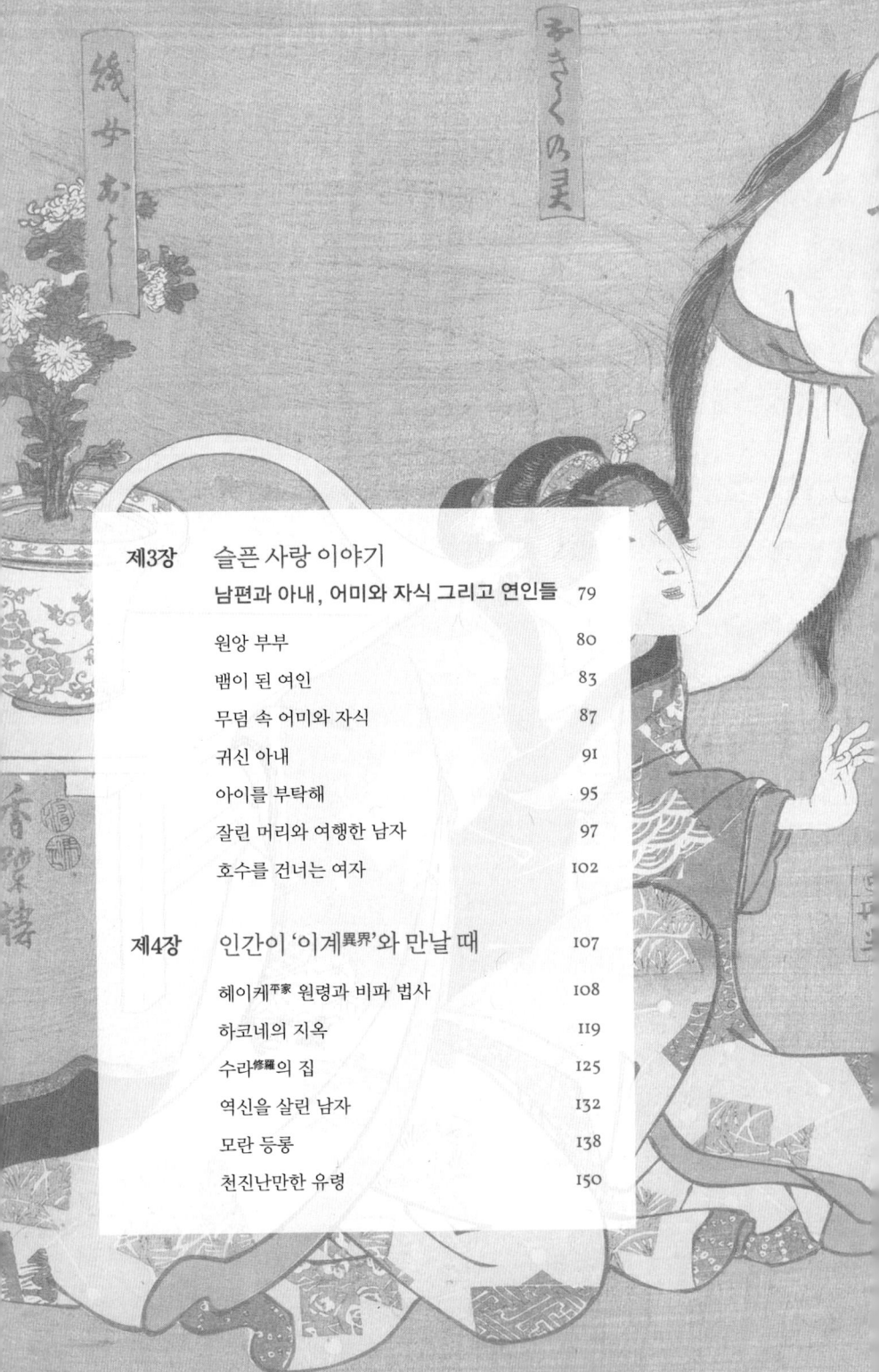

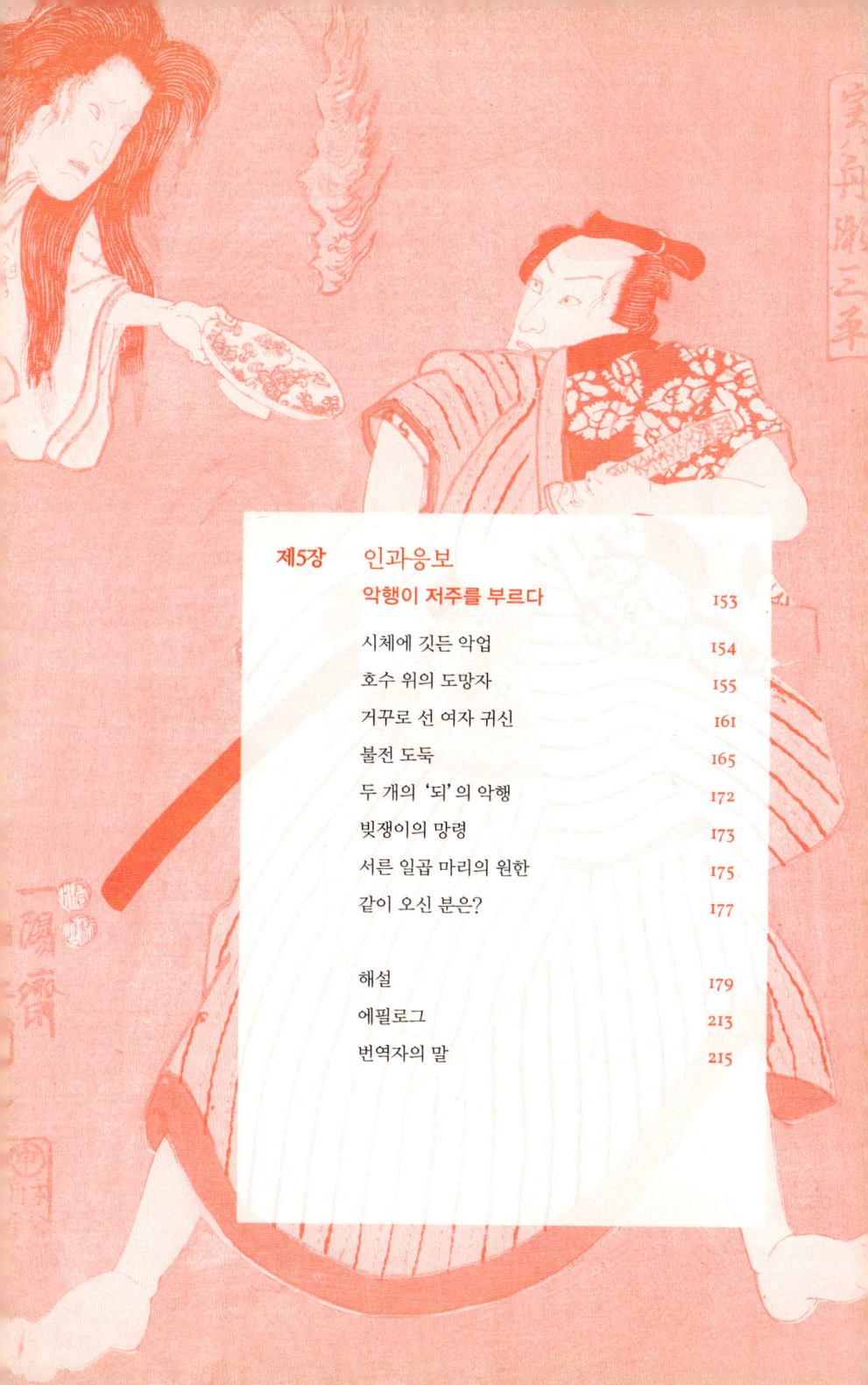

제1장

무서운 것은 여자의 '질투'

인간은 발정기가 따로 없다고 한다. 따라서 인간은 일년 내내 이성異性에 대해 생각하는 동물인 것이다. 어느 시대 어느 나라든 사랑의 문학이나 노래가 끊긴 예가 없는 것은 그 때문일지도 모른다.

무엇보다도 사랑에 관한 이야기는 언제나 행복하고 감미로운 장면만을 그린다고는 할 수 없다. 엇갈리는 마음, 멀어지는 두 사람 사이, 배신하는 사랑, 이런 연애의 어두운 부분을 가장 잘 표현한 것 중 하나로 남녀의 연애사에 얽힌 괴담의 유래를 생각해볼 수 있다.

전근대 특히 에도시대 소설들은 때때로 남편, 아내, 첩 사이의 갈등이나 여자들 사이의 다툼을 소재로 다룬다. 괴담의 세계에 있어서 이런 류의 이야기는 적지 않다. 하지만 에도 괴담의 경우 여자의 질투심을 괴이한 일이 일어나는 계기로 보는 경향이 한층 더 강하게 엿보인다. 남편의 재혼을 시기하는 아내의 망령, 후처를 저주하는 전처, 혹은 남자의 배신에 분해하다 미쳐버린 여자의 복수극. 그들의 피도 얼어붙을 듯한 공포의 이야기를 들어보자.

1. 송장 등에 탄 남자

지금으로부터 먼 옛날 교토에 오랜 세월 함께 살아온 부부가 있었다. 어느 날 남편이 아내에게 이렇게 말했다.

"이제 나는 당신과 같이 살 수 없을 것 같소."

남편의 말에 아내는 귀를 의심했다. 이유는 전혀 모른다. 그러나 남편은 더 이상 말해 주지 않고 집을 나갔다. 남겨진 아내는 깊은 슬픔에 잠긴 나머지 병석에 누워 다시는 일어나지 못했다.

고통스럽고 쓸쓸한 하루하루가 지나갔다. 몇 달 후 남편의 매정한 처사를 원망하고 괴로워하다 아내는 세상을 떠났다.

이 여인은 남편 외에는 부모형제도 친척도 없는 천애 고아였다. 그 때문에 정성껏 장사지내 줄 사람도 없이 가엾은 송장만 집 안에 방치된 채로 있었다.

그런데 이상하게도 그녀의 유해는 벌써 며칠이 지났는데도 불구하고 썩지 않고 머리카락도 빠지지 않았다. 그 모습을 찢어진 창호지 틈으로 들여다본 이웃은 예사롭지 않은 여자의 원한에 온몸의 털이 곤두서는 공포에 벌벌 떨었다.

그뿐만이 아니다. 밤이 되면 송장에서 섬뜩한 푸른빛이 나와 흔들리며 빛나고 있었으며, 그때마다 집 전체가 흔들렸기 때문에 이웃 주민들은 겁을 먹고 아무도 가까이 가지 않게 되었다.

한편, 소문을 들은 남편은 괴이한 현상의 원인이 자신에 대한 깊은 원한에 있다는 것을 깨닫고 말할 수 없는 공포에 휩싸였다.

"이게 무슨 일이란 말인가. 나는 분명 아내에게 죽임을 당할 것이 틀림없다. 어떻게 하면 좋단 말인가……."

어찌할 바를 모르던 남자는 귀신의 복수에서 벗어나기 위해 당시 이름이 널리 알려진 음양사陰陽師[I]의 저택을 찾아갔다.

"이거 참 큰일이군. 이 악귀를 봉인하는 것은 보통의 방법으로 가능한 것이 아니네. 그렇다고 손쓸 방법이 아예 없는 것도 아니지. 꼭 살아남고자 한다면 알려주겠네. 단, 그로 인해 어떤 끔찍한 일을 당할지 모르네. 자네에게 인내와 용기가 있다면 얘기해 줄 수도 있으니 잘 생각해서 결정하게나."

남자는 동요했다. 그러나 이제 와서 돌이킬 수는 없었다. 음양사는 해가 저물 무렵 꽁무니를 빼려는 남자를 억지로 끌고 죽은 사람이 있는 집으로 향했다.

소문만 들어도 무서운데 하물며 그곳에 발을 들여놓을 생각을 하니 온몸이 굳어버렸다. 그래도 남자는 북받치는 공포심을 견디며 음양사의 뒤를 따라 집 안으로 들어가 보았다. 어슴푸레 어둠이 깔린 방 한가운데 아내가 있었다. 확실히 예전과 다름없는 모습으로 조금도 썩지 않았다. 긴 검은 머리가 엎드린 몸 전체를 덮고 있었다.

음양사는 이를 부딪히며 떨고 있는 남자를 설득하여 마치 말을 탄 것처럼 시체 등에 탈 것을 명했다. 그리고는 죽은 사람의

I 헤이안시대 음양료에 속한 관직의 하나로 음양오행 사상을 바탕으로 길흉화복을 점 치거나 풍수지리를 살피는 일을 담당했다.

머리카락을 양손으로 꼭 잡게 하고 단호한 어조로 말했다.

"아무리 험한 일이 있어도 결코 이 손을 놓아서는 아니되네."

그렇게 타이르고 엄숙하게 주문을 외운 후, 진혼의 의식을 끝내고 거듭 주의를 주었다.

"다음에 내가 올 때까지 그냥 그대로 있어. 도망가면 안돼. 어떤 험한 꼴을 당하더라도 정신을 바짝 차리고 잠시 동안 버텨야해."

음양사는 방을 나갔다. 남자는 살아 있어도 살아 있는 것 같지 않은 심정으로 검은 머리를 고삐처럼 잡고 가만히 기다렸다. 이윽고 해가 지고 땅거미가 찾아왔다. 한밤중이 되었을 무렵 갑자기 송장이 큰 소리로

"으으…… 무겁다. 무거워!"

라고 소리치며 남자를 등에 태운 채 집 밖으로 달려 나갔다.

"그 녀석은 어디 있는 게야! 어디 있어! 꼭 붙잡고 말 것이야."

짐승처럼 괴성을 지르며 귀신은 노리고 있는 남자가 있는 곳을 찾아 뛰어다녔다. 그것은 무시무시하게 빠른 속도로 도성 끝에서 끝까지 왔다 갔다 하며 칠흑 같은 어둠을 내달렸다. 자기 등에 죽이려는 상대가 타고 있는 줄도 모르고.

몇 시간이 지났다. 음양사의 주술이 잘 들어서인지 악령은 끝내 복수를 하지 못하고 결국 다시 원래의 흉가로 돌아와 바닥에 푹 쓰러진 뒤 조용해졌다. 남자는 끝없는 공포와 싸우며 필사적으로 송장의 등에 매달려 있었다.

끔찍한 밤이 지나고 날이 밝았다. 주위에 새소리가 들린다. 그

런데도 남자는 얼어붙은 듯 검은 머리카락을 붙들고 몸을 움직이지 못했다. 상태를 살피러 온 음양사는 멍하니 넋을 잃은 남자를 송장에게서 끌어내리며 상냥하게 물었다.

"어젯밤에는 아마 무시무시한 일이 있었을 거야. 머리카락을 놓지는 않았겠지?"

"네, 말씀하신 대로 하였습니다."

"그렇군. 힘들었겠군."

음양사는 어제와 마찬가지로 죽은 자를 위로하는 진혼의 주문을 정성껏 외우고 말했다.

"이제 괜찮을 거야. 좀 가혹한 방법이었나 보군. 자네의 목숨이 위태로웠기 때문이었으니 용서하시게."

남자는 눈물을 흘리며 음양사에게 엎드려 절을 했다. 그 후 그는 이렇다 할 큰 이변 없이 장수하며 자손 대대로 번성했다고 한다. 참고로 이때의 음양사의 후예가 지금도 교토京都의 오토노이大宿直라는 곳에 살고 있다고 전해진다.

『곤자쿠모노가타리슈(今昔物語集)』제24권

2. 아내와 첩

에치고越後, 지금의 니가타현(新潟県)지역의 영주인 마쓰다이라 이요노카미松平伊予守의 부하 중에 요시다 사쿠베吉田作兵衛라는 사무라이가 있었다. 그는 오누마군大辺郡의 대관을 지낸 바 있으나 본래 시나노信濃, 지금의 나가노현(長野県)지역의 젠코지 마을善光寺村 출신으로 고향에 아내를 남겨둔 채 오누마지역에 부임해 있었다.

어느 날 안주인의 신변을 돌보던 시녀 한 명이 젠코지 마을 저택에서 갑자기 사라졌다. 사실 이 여자는 이전부터 사쿠베와 정인 사이였으며, 주인이 오누마로 불러들여 첩을 삼았던 것이다.

소문은 곧 젠코지로도 전해졌다. 남편의 배신을 알게 된 안주인은 크게 화를 내며 분노에 떨면서 오누마의 대관 저택에 쳐들어 가려고 하였다. 주위 사람들이 이래저래 말렸기 때문에 일단 마음을 추슬러 보았지만 아무래도 원통한 마음을 억누를 수가 없었다. 아침부터 밤까지 질투의 불길에 휩싸여 속상해하다 어느새 몸 져 눕더니 반 미쳐 병자와 같은 상태가 되어버렸다.

한편 대관 저택에서는 안주인의 모습을 살피기 위해 부헤이武兵衛라는 관리를 고향에 보냈다. 이 자는 어린 나이에 요시다 가문에서 데려다 사쿠베 부부에게 길러진 자였다. 그런데 병문안을 하러 온 부헤이를 머리맡으로 가까이로 부르더니 안주인은 무시무시한 부탁을 입에 담는 것이었다.

"얘, 부헤이야, 내가 너를 어릴 적부터 꽤 예뻐했지 않니? 잊지 않았을 것이다. 네게 한 가지 부탁이 있다. 내가 이런 병자가 된 것은 다 그년 때문이 아니겠느냐. 억울하구나. 남편을 꼬여낸 저 암여우 년을 벌하고 와라. 그렇지 않으면 결코 나는 죽어도 죽을 수 없다. 이러는 동안에도 하루하루가 생지옥 같구나. 제발 그 여자의 목을 쳐서 내가 살아있는 동안에 볼 수 있게 해 주지 않겠니? 부탁하마."

미쳐 가는 안주인의 부탁을 부헤이는 거절할 수 없었다. 오누마로 돌아가 이리저리 살피다가 주인이 자리를 비울 때를 기다려서 첩을 꾀어내 몰래 살해한 후 그 머리를 안주인에게 가져갔다. 젠코지 마을의 안주인은 소원이 이루어진 것이 너무 기뻐 미쳐 날뛰었고 병은 거짓말처럼 나아 부헤이의 공을 극찬했다. 그 자리에 웅크리고 앉아 피투성이로 물든 연적의 잘린 머리에 뺨을 비비며 깔깔대는 부인의 모습은 더 이상 이 세상 사람이 아니었다.

"아 고맙고 고맙구나. 기쁘구나 부헤이. 고통스런 애증의 한을 깨끗하게 풀어주었다. 이리 오너라. 나의 은인. 가슴속에 쌓인 응어리가 다 사라졌다."

라며 손을 모아 머리를 푹 숙인다.

그러나 온화한 모습과 웃는 얼굴도 거기까지였다. 다음 순간 발밑에 나뒹굴고 있는 잘린 머리를 노려보던 안주인의 얼굴에는 분노가 거세게 솟구쳤다. 가늘게 눈을 뜨고 있는 여자의 잘린 머리를 양손으로 끌어안고, 머리카락을 잡아뜯고, 질근질근 깨무는 모습을 눈앞에서 보며 아무리 부헤이라도 마음이 좋지 않았다.

"이 얼마나 끔찍한 모습인가."

부헤이는 억지로 목을 빼앗아 눈에 띄지 않는 곳에 버렸다.

안주인이 세상을 떠난 것은 얼마 지나지 않아서의 일이다. 그러나 기이한 일은 이것으로 끝이 아니었다. 안주인의 집착이 저택을 홀려버린 것일까. 얼마 지나지 않아 귀신이 나타났다. 어떤 때는 분명히 모두의 앞에 나타나서 한바탕 원망을 하고는

"나는 이제 오누마에 간다."

라고 소리치고 어깨를 들썩이고 급한 숨을 몰아쉬며 밖으로 나갔다. 마을 변두리 여관까지 오자 귀신은 근처 마구간에서 말을 빌려 오누마 쪽으로 전속력으로 달려갔다. 죽은 자가 대관 저택 문 앞에 나타났으니 까무러칠 일이다. 문지기들은 허둥지둥 도망친다.

"귀신이 나타났다! 젠코지 마을의 안방마님이다!"

그런데 어찌 된 영문인지 말도 본처도 그대로 스윽 사라져 버렸다. 모두가 목격한 광경은 환상이었을까?

그날 밤 일이다. 사쿠베의 잠자리에 이변이 덮쳤다. 겁먹은 남자의 침소에 죽은 아내의 귀신이 원망하는 눈빛으로 흔들리며 나타나서 몸에 올라타고 목을 졸랐다. 사쿠베는 놀라서 벌떡 일어나 하인을 불러 등을 켜보았지만, 귀신의 그림자는 어디에도 없었다. 주위는 쥐 죽은 듯 고요했다.

그 일이 있은 후 밤마다 이와 같은 끔찍한 일이 일어나니 사쿠베는 편히 잠을 잘 수 없게 되었고 누가 보아도 초췌해진 모습이 되었다. 야마부시山伏[2]에게 부탁해 굿을 하거나, 집안 여기저기에 부적을 붙여 귀신을 막아보려 했지만 모두 효과가 없었다.

---

2   슈겐도(修験道)의 수도승.

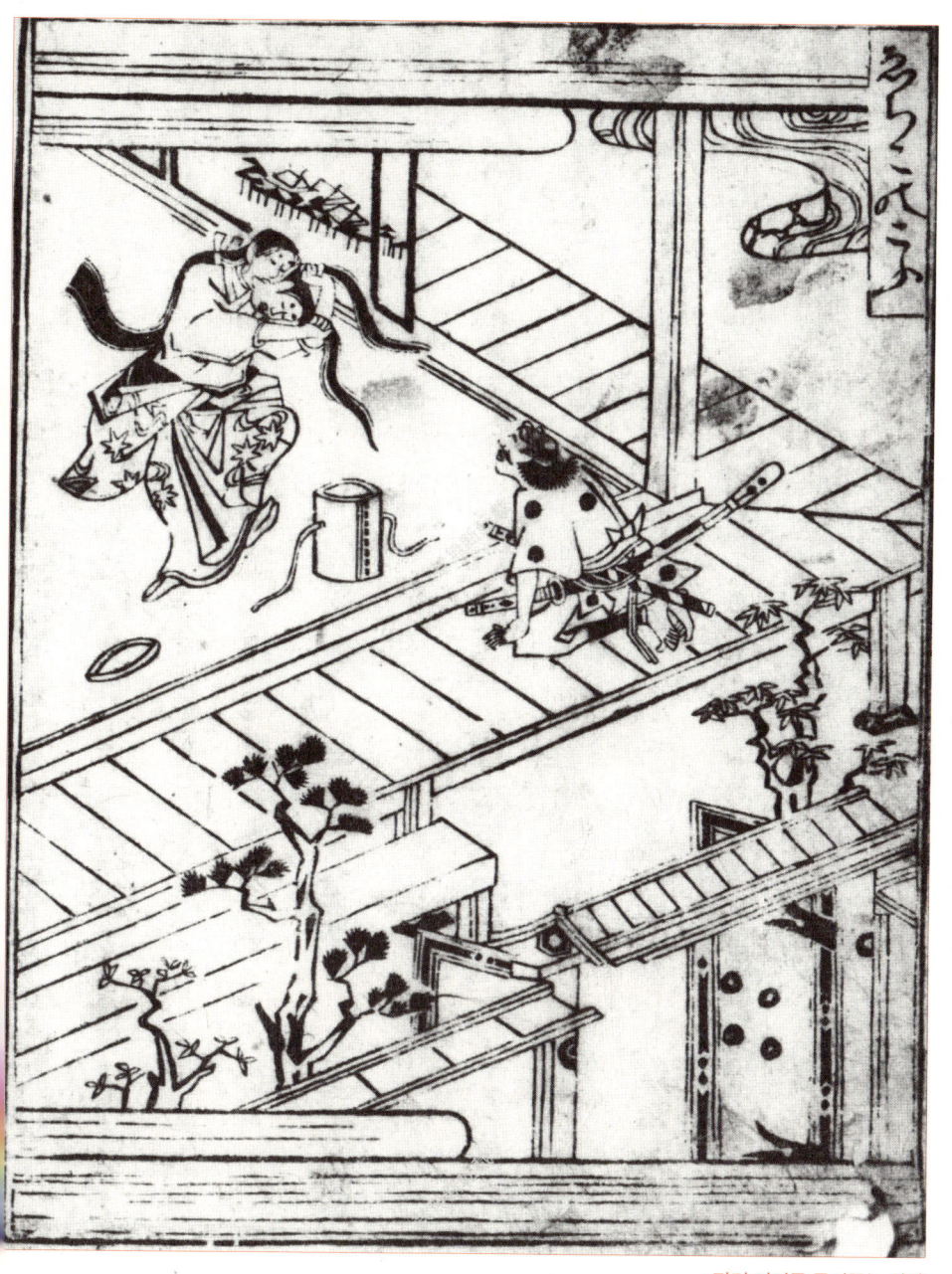

잘린 머리를 물어뜯는 여자
(히라가나본 『인가모노가타리』에서(재단법인 동양문고 소장))

급기야는 낮에도 부인의 귀신에게 시달리는 판이니 더는 손쓸 도리가 없었다. 해 진 뒤에는 집 전체가 처참한 저주에 휩쓸려 버렸으며 미쳐 날뛰는 망자의 혼이 벌이는 이 끔찍한 광란을 보지 못한 이가 없었다.

사쿠베는 제 몸에 붙은 아내의 원한에 겁을 먹고 저택을 버리고 다른 곳으로 이사를 했다. 하지만 아무리 집을 옮겨도 반드시 귀신이 먼저 와서 이와 같은 일들이 반복되었기 때문에 더는 도망갈 곳이 없었다.

이런 일이 반복되던 가운데 사쿠베는 명이 다해 얼마 지나지 않아 세상을 떠났다고 한다.

이 괴이한 사건은 에치고지역 사람이라면 모르는 사람이 없을 정도로 유명한 이야기이다. 참고로 사쿠베와 본처 사이에 태어난 외아들이 지금도 에치젠越前, 지금의 후쿠이현(福井県)의 어느 마을에 살고 있다고 한다.

히라가나본(平仮名本), 『인가모노가타리(因果物語)』 제1권 제8편

---

3. 어느 밤의 참극

호레키宝暦 연간1751~1763경, 오와리尾張, 지금의 나고야(名古屋)지역에 지레이知礼라는 진종真宗 스님이 있었다. 어느 날 불도 수행을 위해 교토의 대본산 혼간지本願寺의 객사에 머물고 있었다. 이 스님의 안색이 부자연스러울 정도로 창백한 것을 의아하게 생각한 같은 방 수도 승이 무슨 사연인지 물었다. 다음은 지레이가 고백한 체험담이다.

지레이가 아직 어렸던 때의 일이다. 나고야에서 7~8리는 멀리 떨어진 교외의 농촌에 구보타 마을久保田村이라는 곳이 있었다. 그곳의 어느 집에서 심부름꾼이 찾아와 말했다.

"갑자기 저희 마님께서 돌아가셨으니 독경을 해 주시기 바랍니다. 입관 의식은 이미 끝났으니 독경만 하시면 됩니다."

지레이는 장례식에서 밤샘 독경을 하는 것은 승려의 소명이라고 생각했기 때문에 바로 달려갔다. 어느덧 밤이 깊어 하인들은 다른 방에서 쉬고, 지레이 혼자 관 앞에서 염불을 외고 있었다.

잠시 시간이 흘렀다. 어둑어둑한 등불에 비춰진 관 안에서 갑자기 죽은 사람이 신음 소리를 냈다. 시체를 빼앗는다고 널리 알려진 전설의 화차[3]의 짓인가 아니면 변신한 여우의 짓인가. 지레이는 의아하게 생각해 눈을 부릅뜨고 상황을 살폈다. 그러자 이번에는 관 뚜껑이 덜컹덜컹 움직이기 시작했다. 분명 뭔가가 안에서 열려고 버둥거리고 있었다. 지레이가 순간 양손으로 뚜껑을 잡았지만 터무니없이 큰 힘에 튕겨져 나가고 말았다.

다음 순간 관에서 죽었다던 마님이 멍한 눈을 하고 벌떡 일어섰다. 숨을 들이마시고 한껏 내쉰다. 등이 일시에 꺼져 주위는 완전한 어둠이 되었다. 어둠 속에서 죽은 사람이 움직이는 소리가

---

3 불이 붙은 수레 바퀴의 형상을 한 요괴.

들린다. 아무래도 관에서 기어 나와 부엌 쪽으로 향하는 것 같다. 살금살금 걷는 듯하다.

그리고는 발소리가 이 집의 주인과 첩이 자고 있는 작은방으로 사라졌다. 잠깐의 정적 후 "꺅~" 하는 외마디 비명이 밤의 정적을 찢었다. 무슨 일이 일어났는지는 보이지 않는다. 승려는 일하는 사람을 불러 바로 불을 켜게 했다.

주위가 밝아지고 정신을 차리고 살펴보니 이미 죽은 사람은 관으로 돌아가 있었다. 다만 양손에 남편과 첩의 목을 들고서.

관에서 상반신을 내민 채 인왕仁王처럼 우뚝 섰고, 눈을 번쩍 부릅뜬 모습은 마치 살아있는 사람 같았다. 하지만 그것은 어디까지나 시체일 뿐이다.

이 무참한 꼴을 보고 아직 어렸던 지레이는 부지불식중에 겁에 질려 기절해 버렸다. 잠시 후 가족들이 흔들어 깨우자 정신을 차리고 시체의 손에서 두 명의 희생자의 목을 떼어내려 했으나 손가락의 근육이 굳어 쉽게 떨어지지 않는다. 어쩔 수 없이 조용히 경문을 읽으며 죽은 사람의 넋을 달랬다.

"당신은 남편과 첩의 관계 때문에 괴로워한 나머지 마음속에 질투의 악념이 생겨난 것입니다. 그리고 원망하는 마음이 사후에 응어리져 두 사람의 목숨을 앗아가 버렸습니다. 이대로 가다가는 무거운 죄의 인과응보로 저승의 무간지옥에 떨어질 것이 분명합니다. 영원한 고통에 시달리는 것입니다. 그게 싫다면 소승을 따라 염불을 외우십시오. 부처님의 자비가 반드시 당신을 구원해 주실 것입니다."

이렇게 염불을 외자 죽은 부인은 두 눈에서 분노의 빛이 사라지고 손에 들고 있던 남녀의 목을 관 바닥에 툭 떨어뜨리며 힘이 빠진 듯 쓰러졌다. 염불의 힘에 의해 원래의 시체로 돌아온 것이다. 가족들이 부탁하는 대로 관 안의 목을 주우려 했으나 손을 뻗어보니 너무 차갑고 비린 독기에 닿아서인지 온몸에 털이 곤두설 정도로 오한이 들었다.

"그리고 나서부터 이런 안색이 되어버린 것입니다. 이래저래 온갖 노력을 다했는데도 두 번 다시 전으로는 돌아가지 않습니다."

지레이의 불가사의한 체험에 혼간지 수도승들은 깊이 고개를 끄덕였으며 불법의 자비에 감동을 받았다.

『젠아쿠고호인넨슈(善惡業報因緣集)』

4. 옻칠된 여자

분고豊後, 지금의 오이타현(大分県) 지역에 사이좋은 부부가 있었다. 올해 열일곱이 되는 아내는 동네에서도 소문난 미인이었다. 남편은 아름답고 젊은 아내를 무척 아꼈으며 평소에 사랑을 나눌 때마다

"만약 네가 먼저 죽는다면 나는 다시는 결혼 같은 것은 하지 않을 거야."

라고 다정하게 귓가에 속삭이는 것이었다.

그런데 평화로운 생활은 오래가지 못했다. 어느 날 갑자기 건강해 보였던 아내가 살아날 가망이 없는 중병으로 쓰러지고 말았다. 남편의 극진한 간병의 보람도 없이 이제 하루도 넘기기 힘들다는 날 아침 임종을 앞두고 누워 있는 아내는 남편에게 뜻밖의 유언을 남긴다.

"당신 곁을 떠나기 싫어요. 저를 불쌍하게 여기신다면 땅 밑에 묻거나 화장하지 마세요. 그러니까…… 제가 죽으면 배를 벌리고 내장을 다 꺼내고 대신 쌀을 채운 후 몸을 겹겹이 옻칠로 다져 불상처럼 모셔줬으면 해요. 마당 구석에 사당을 차리고 거기에 넣어줘요. 손에는 작은 징을 들려주고…… 그렇게 아침저녁으로 제 앞에서 염불을 외워 주신다면 저는 행복할 것입니다. 아무것도 아쉬울 게 없어요. 왜냐하면 매일 당신을 만날 수 있을 테니까요."

그렇게 이야기하고 아내는 조용히 눈을 감은 후 숨을 거두었다. 남편은 아내의 소원을 들어주었다. 마당의 사당에 옻칠한 유해를 안치하고 3주기가 될 무렵까지 매일 염불을 외우고 합장하며 사랑했던 사람과 함께 지냈다.

한편 주변 친구들은 젊은 나이에 홀몸이 된 남자의 앞날을 걱정하며 여러 곳에서 혼담을 들고 왔다. 남자는 처음에는 막무가내로 고개를 내저었지만 끝내 뿌리치지 못하고 재혼 이야기를 받아들였다.

후처가 집에 들어왔다. 그런데 어찌 된 일인지 며칠 지나지 않아 후처가 이혼해 달라고 말하는 것이었다.

"무슨 말씀을 하셔도 당신 아내로서 이 방에 있을 수는 없습니다. 부디 용서해 주십시오."

만류하는 남자의 말을 뿌리치고 후처는 집을 나가버렸다. 그 후 몇 명의 후처를 맞이했지만 모두 똑같이 이유를 말하지 않고 고향으로 돌아가 버렸다.

"이건 뭔가 불길한 일이 일어나고 있는 게 틀림없어."

그렇게 생각하고 승려와 야마부시를 불러 액막이 기도를 올렸다. 그리고 다시 후처를 맞아들였다. 이번에는 기도의 효험이 있었기 때문일까. 대엿새가 지나도 별 이변이 일어날 기미가 없었다. 그러나 이야기는 이것으로 끝이 아니었다.

어느 날 밤 남자는 소소한 일로 집을 비우게 되었다. 집을 비운 후 아내와 하녀들은 안방에 모여 잡담을 나누는 데 열중해 있었다.

밤 10시경, 밖에서 작은 징을 치는 소리가 난다.

"치링 치링 치링……"

불안에 휩싸인 채 귀를 기울여보니, 아무래도 징 소리는 마당에서 집안으로 들어오고 있는 것 같다.

"치링 치링 치링……"

한 발 한 발, 복도를 따라 분명히 안방을 향해 다가오고 있는 것이 아닌가. 본능적으로 신변의 위험을 느낀 여자들은 입구 문을 잠그고 숨을 죽이고 있었다.

두 칸 세 칸 장지문을 난폭하게 여는 소리가 나고 징 소리가 바로 옆방에서 울렸다. 갑자기 차가운 여자의 목소리가 울렸다.

"이 문을 여세요!"

아무도 대꾸하지 않는다.

"열어주지 않는다면 어쩔 수 없군요. 오늘 밤은 이대로 물러가기로 하지요. 내일 밤에 다시 오겠으니 그때는 반드시 저를 만나 주십시오. 꼭…… 다만 오늘 밤 있었던 일을 남편에게 말해서는 안 됩니다. 나의 그이에게 알리거나 하면 당신 목숨은 없는 줄 아십시오."

징을 치면서 여자의 기척이 멀어졌다. 도대체 무슨 귀신이 나타났는지 겁을 내면서 슬며시 문틈으로 엿보았다. "있다!" 어두운 복도 너머로 17~18세 정도 된 여자의 뒷모습이 희미하게 보인다. 게다가 목부터 아래는 시커멓게 물들어 있었다. 함께 있던 이들은 너무나도 큰 공포에 휩싸여 모두 할 말을 잃었다.

잠시 후 남편이 돌아왔지만 아내는 말을 하면 귀신에게 죽임을 당할 것 같아 그날 밤 일은 일절 입 밖에 내지 않았다. 그리고 다음날 아침 이별을 청했다.

"제발 제게 시간을 주십시오."

뜬금없는 제의에 남편은 뭐가 뭔지도 모른 채

"무슨 일이야. 갑자기 무슨 말을 하는 거야?"

하고 의심스런 마음으로 아내를 추궁했다. 더 이상 숨길 수 없게 된 아내는 어젯밤 일의 자초지종을 이야기해 주었지만 남편은

"뭐야. 그런 거야. 그건 분명 둔갑한 여우의 소행임이 틀림없어. 당신은 홀렸던 것뿐이요."

라고 하면서 들어주지 않는다. 사색이 되어 호소하는 아내를 이렇

게 저렇게 달래고 설득해 겨우 붙잡았다. 그리고 4, 5일이 지나 남편은 다시 외출했다. 밤이 왔다. 밖에서 또 그 징 소리가 들려왔다.

'치링 치링 치링……'

'역시 왔다!'

여자들은 지난번과 마찬가지로 안방에 꼭꼭 숨었다. 다만 이번에는 겹겹이 문을 잠그고.

"이 문을 여세요. 열라는 소리가 들리지 않는 게요!"

검은 여자의 목소리가 온 집 안에 울려 퍼진다. 안주인을 가운데 두고 하녀들은 떨면서 한데 뭉쳐 서로 몸을 기대고 있었다. 그런데 이상하게도 하녀들이 강한 졸음에 휩쓸려 차례차례 정신을 잃어갔다. 이제 안주인만 남았다.

결국 이중 삼중으로 닫았던 문이 스르르 열리고 그림자 같은 것이 방으로 들어왔다. 잘 보니 그것은 시커멓게 옻칠된 젊은 여자였다. 축 늘어진 머리카락 사이로 날카로운 눈이 겁에 질린 아내를 노려보고 있다. 괴물이 입을 열었다.

"이 사람답지 못한 년. 그토록 나에 대해 이야기하면 안 된다고 다짐하지 않았어. 왜 우리 그이한테 지껄인 거야? 원망스러운 년, 너만은 용서하지 않을 테다!"

욕설과 함께 검은 여자는 안주인에게 달려들어 있는 힘껏 그녀의 가는 목을 찢어 아무렇게나 손에 쥐어들고 재빨리 집 밖으로 나갔다.

몇 분 만에 제 집의 이변을 알게 된 남편이 헐떡이며 돌아왔다.

남편은 하녀로부터 사건의 전말을 듣고 너무 기가 막혀 마당의 사당으로 달려갔다. 안을 들여다보니 옻칠로 굳힌 본처의 발밑에 후처의 잘린 목이 피투성이가 되어 굴러다닌다.

"오, 너란 년은. 무슨 끔찍한 짓을 한 거야. 이 괴물아!"

피 냄새가 코를 찔렀다. 너무나 처참한 광경에 사내는 자기도 모르게 옻칠한 시체를 불단에서 끌어내리며 주먹으로 쳤다. 몰아세워진 검은 여자는 갑자기 눈을 부릅뜨고 남자의 목덜미를 물어뜯었다. 사랑했던 사람의 목숨을 순식간에 빼앗아 버리고 말았다. 아주 간단하게.

시커먼 피바다 속에서 모든 것이 끝났다.

『**쇼코쿠햐쿠모노가타리**(諸国百物語)』 제2권 제9편

---

5. 죽은 이의 손목

이 이야기는 시모쓰케노쿠니下野国, 지금의 도치기현栃木県 가와치군 야쿠시지河内郡薬師寺와 가까운 다나카田中 마을의 유서 깊은 가문의 노구치 덴고자에몬野口伝五左衛門이 전하는 세상 무서운 괴담이다.

고우카弘化 3년1846 가을 해 질 무렵, 나이 37~38세로 보이는 품위 있어 보이는 수도 중인 여승이 노구치 가문의 문을 두드렸다.

"저는 보다시피 여러 지역의 영지를 순례하는 비구니입니다. 여행의 피로로 몸 상태가 나빠져 고생하고 있습니다. 헛간이라

도 상관없으니 부디 하룻밤 묵어갈 수 있게 해 주실 수 있으시겠습니까?"

주인인 덴고자에몬은 마음씨 착한 성품이었기에

"그것참 고생이 많으십니다. 어서 드시지요!"

하고 여승을 안쪽 별채로 안내하고 하녀와 하인에게 일러 저녁 준비를 하게 했다. 하나부터 열까지 정성을 다한 대접에 여승은 진심으로 감사의 마음을 표했지만 무슨 영문인지 목욕만은 "아니요, 목욕 물은 괜찮습니다"라고 거절했다. 이윽고 식사가 끝나고 한숨을 돌리고 있을 무렵 비구니는 보따리 속에서 경전을 꺼내 혼자 조용히 불경을 외기 시작했다. 안채에 독경 소리가 울려 퍼진다. 그 모습을 의아하게 여긴 덴고자에몬은 비구니의 사연이 궁금해져 별채의 문을 두드렸다. 이런저런 이야기를 나누다 보니 어느새 화제가 출가한 사연에 이른다.

"아마도 스님께서는 말투로 보아 에도 분처럼 보입니다만 무사 집안 출신이십니까? 무슨 사정이 있으셔서 여러 지역을 돌며 수행을 하고 계신지요? 괜찮으시다면 불문에 들어간 이유를 후학을 위해 들려주십시오."

여승이 조용히 대답한다.

"오늘 저녁의 친절은 평생 잊지 않겠습니다. 단, 제 신상에 관한 것만은 묻지 말아 주십시오. 말할 수 없는 사정을 헤아려 주십시오. 말씀하신 대로 저는 에도 태생으로 다이묘大名[4] 집안에서 일하고 있었습니다. 지금으로부터 18년 전인 스무 살에 비구니가 된 이래 거지나 다름없는 수행의 삶, 이 모든 것이 제 자신의 죄가 크기 때문이라고 받아들이고 있습니다. 하지만 자세히 말씀드릴 수는 없습니다. 용서해 주십시오.”

라고 인사하고 그 자리를 떴다.

가을밤이 점점 더 깊어 갔다. 마당에서는 겨울이 왔음을 알리는 찬바람에 팔랑팔랑 나뭇잎이 흩날리는 소리가 들린다.

먼 절의 종이 오전 두 시를 알릴 무렵, 여승이 자고 있는 방에서 매우 괴로운 목소리로 ‘나무아미타불’하는 염불 소리가 가냘프게 들려온다.

“나무아미타불…… 나무아미타불…….”

주인을 비롯한 집안사람들은 모두 이변을 느끼고 깨어났고 별채 장지문 뒤에서 슬며시 방 안의 상황을 살피고 있었다.

그러자 여승은 작은 위패를 꺼내 떨리는 손으로 도코노마[5]에 올려놓더니 정성을 다해 염불을 외기 시작했다. 그 목소리는 왠지 신음하듯 괴로워하며 고통으로 일그러져 있었다.

잠시 후 정신을 차리자 비구니는 위패를 향해 호소하는 것이었다.

“사모님…… 묘코인 덴치잔 료후다이시 妙香院殿知山凉風大姉 님, 그렇게 제가 미우시면 차라리 한 번에 이 몸을 저세상으로 데려가 주십시오. 18년 동안 저는 매일 정처 없이 여러 지역을 이리저리 헤매

---

4   에도시대 지방 영토를 관리하던 봉건영주.
5   일본 주택 건축에 있어서 방 한쪽에 단을 올리고 구분을 둔 곳으로 족자나 화분으로 장식하는 격식 있는 공간.

며 부처님께 참회의 기도를 드렸습니다. 제 자신만을 위한 것만이 아닙니다. 당신의 영혼이 저승에서 평안히 살 수 있도록 계속해서 두 손을 모으고 있는 것입니다. 부디 알아주실 수는 없으신지요? 이제 그만하시고…… 그만 저를 용서해 주세요. 제 몸을 놓아주시고……."

도대체 누구와 이야기하고 있는 것일까. 영문은 잘 모르겠지만 그곳에서 심상치 않은 분위기에 집안사람들은 모두 오싹해져 엉겁결에 소리를 내고 말았다. 낌새를 알아차린 여승은 서둘러 위패를 감추고 아무 일도 없었다는 듯이 자세를 바로 했다. 동요를 감추지 못하고 있는 여승의 심중을 살피며 덴고자에몬이 말을 건다.

"아무것도 신경 쓸 것 없어요. 처음부터 뭔가 사연이 있는 분이라고 느끼고 있었습니다. 더 이상 숨길 필요는 없다고 생각합니다. 참회하는 것만으로 지은 죄가 사라진다고도 하잖아요."

주인의 배려 속에서 비구니가 무거운 입을 열었다.

"지난 18년간 줄곧 숨겨온 사연이 깊은 몸이지만 여러분의 호의에 기대어 저의 부끄러운 과거를 밝히겠습니다. 다만 그전에 좀 봐주셨으면 하는 것이 있습니다. 매일 밤이 깊어지면 제 육신을 괴롭히고 괴롭히는 원흉은……."

거기까지 말하고 비구니는 갑자기 법의[6] 앞섶을 벌리고 가슴을 드러내 보였다. 그녀의 양쪽 가슴에 모두의 시선이 쏠렸다.

"이게 뭐야!"

---

6   승려가 입는 의복.

울퉁불퉁한 검푸른 물건, 인간의 손목이 마치 생물처럼 좌우의 가슴을 움켜쥔 채 말라붙어 있었다. 주의해서 보면 손톱까지 난 채뼈도 되지 않고 썩지도 않은 채 찰싹 비구니의 가슴에 달라붙어 있는 것이 아닌가.

이 기괴한 물건에 얽힌 원념에 대해 비구니는 다음과 같은 사연을 이야기하기 시작했다.

에도 말 분세이文政 연간1818~1830에 있었던 일이다. 에도 시내 어느 다이묘 저택, 관동 일대에 광대한 영지를 가진 영주가 있었다. 아내 외에 두 사람의 후처를 두고 젊은 아들딸들에게 둘러싸여 행복한 나날을 보내고 있었다.

그러나 아무 불편 없는 삶에 어느덧 먹구름이 낀다.

분세이文政 10년 무렵부터 갑자기 아내의 건강이 나빠져 일어나지 못하는 위독한 상태가 된다. 결국 의사로부터 오늘이 고비라는 선고를 받는다.

그것은 분세이 12년1827, 야요이弥生, 음력 3월 중기였다. 활짝 핀 벚꽃이 봄바람에 흩날리는 아침, 안방 머리맡에 영주를 비롯한 일가족이 모여 눈물을 흘리며 이별의 순간을 맞이했다.

하늘은 맑고 따뜻한 햇살은 방안을 비추고 있었다. 영주는 마지막 숨을 거두려는 아내의 손을 부드럽게 어루만지며 조용히 말을 건넸다.

"3년 동안 자네가 건강해지기만을 바라며 사방팔방으로 다 손을 써 보았지만 이것도 천명. 포기할 수밖에 없는 것 같네. 이미 각오는 하고 있었지만 그래도 이별은 괴롭구려. 부인, 당신 죽은 후에 매일매일 빠짐없이 경을 읽고 제사를 지내겠소. 그러니 안심하고 망설이지 말고 극락으로 가셔야 할 게 아니겠소."

죽음에 임박한 부인이, 괴로운 숨을 내쉬며 대꾸한다.

"무슨 말씀이세요. 이렇게 자상하게 대해 주시는데 저는 왜 괴로운 걸까요? 다만…… 한 가지 부탁이 있습니다. 저는 두 사람의 측실 중 유키코를 여동생처럼 어여삐 여겨 왔습니다. 제가 죽은 후 모든 것을 유키코에게 맡기고 싶습니다. 부디 이 자리로 데려와 주십시오."

유키코가 병자의 방에 불려왔다. 부인은 감았던 두 눈을 부릅 뜨고 이렇게 말했다.

"오, 유키코군요. 어서 와요. 앞으로도 나리의 시중을 부탁합니다. 지금까지 이상으로 총애를 받으세요. 제 대신 정실부인이 되어 나리를 섬겨 주세요."

생각지도 못한 유언에 유키코는 깜짝 놀랐다. 왜냐하면 그녀는 자신의 존재를 질투하는 부인의 마음을 알고 있었기 때문이다. 떨고 있는 유키코의 모습을 보며 부인이 말을 이었다.

"유키코가 정실 자리를 맡아준다면 저는 얼마나 좋을까요. 분명 안심하고 저승으로 떠날 수 있을 거예요. 저…… 죽기 전에 한 가지 부탁이 있어요. 정원 구석에 재작년 야마토 요시노大和吉野에서 옮겨다 심은 겹벚꽃나무八重桜가 있을 거예요. 지금쯤 필시 만개해 있겠지요. 이승에서 마지막으로 저 벚꽃을 한번 보고 싶지

감추어 온 악연의 몸
(『하쿠모노가타리(百物語)』에서(국립국회도서관 소장))

만, 이 몸으로는 일어날 수가 없네요. 유키코, 제발 저를 업고 툇마루까지 데려다주지 않겠어요?"

조금 전까지와는 달리 심각한 병자라고는 생각되지 않는 분명한 어조로 부인이 미소를 지었다. 옆에서 지켜보던 영주가 두 여인 사이를 중재하며 말했다.

"유키코야, 아내의 마지막 소원을 들어주렴."

본래 배려심 많은 여자였기 때문에 유키코는 고개를 끄덕였다. 환자 앞으로 훌쩍 나와 뒤를 돌아 엉거주춤 자신의 등을 내밀었다. 화창한 봄볕에 두 여자의 그림자가 드리워졌다.

어디에 이런 힘이 남아 있었을까. 환자는 벌떡 일어나 유키코의 등에 붙자 순식간에 두 손을 그녀의 목덜미에서 기모노 속으로 집어넣고 가슴을 꽉 움켜쥐었다. 손의 차가움에 저도 모르게 소리를 지르는 유키코. 부인은 섬뜩한 미소를 가득 띠고 신음한다.

"이제야 소원이 이루어졌다. 진짜 궁금한 건 정원의 벚꽃이 아니야. 아름다운 꽃의 생명이지! 남편을 후리는 계집애의 색기가 신경 쓰여 죽지 못하고 있었지만 이제야말로 소원을 성취했다. 아이고 기쁘고 고맙구나."

야비한 조롱의 외침을 남기고 부인은 서른셋의 생애를 마쳤다. 무시무시한 최후의 순간을 함께한 사람들은 소름 끼치는 집착에 잠시 말을 잃었다. 뒤를 돌아보니 유키코는 시체를 뒤집어쓴 채 쓰러져 있었다. 곧바로 의사를 불러 죽은 자를 떼어놓으려고 했지만 두 손바닥이 가슴에 착 달라붙어 떨어지지 않는다. 전대미문의 사건에 집안사람들은 어찌할 바를 몰랐다.

다음날이 되었다. 유키코의 체력이 한계에 다다르자 마침내 영주는 각오를 하고 시체의 손목을 절단하기로 했다. 유명한 서양 외과의사가 초청되어 말로 표현할 수 없는 무서운 치료를 실시했다.

부인은 고귀한 핏줄로 태어났으나 마음에 생긴 질투의 악념 때문에 결국 손이 없는 시체의 모습으로 매장되었다. 이 소문이 세간의 호기심을 불러일으켰음은 물론이다.

한편 유키코는 목숨은 건졌지만 사망자의 손목이 감긴 채 목욕은 물론 사람들 앞에 나설 수도 없었다. 결국 그녀는 영주를 떠나 당시 유명한 고승의 암자를 찾아가 부처님께 구원을 청했다. 그리고 머리를 밀고 다쓰세쓰脫雪로 이름을 바꾸고 수행 길에 올랐다. 죽은 사람의 손목과 함께……

그녀의 바람 중 하나는 부인의 악념을 떨쳐내고 그 영혼을 성불 시키는 것이 다른 하나는 애증의 지옥을 겪은 자신의 죄를 참회하는 것이었다.

그로부터 18년의 세월이 흘러 다쓰세쓰는 오늘은 동쪽, 내일은 서쪽으로 수행의 여정을 계속하고 있었다. 그러나 기도한 보람도 없이 으레 소쩍새가 울 때면 메마른 손목이 난폭하게 젖가슴을 만지작거리고, 그 순간 견딜 수 없는 굴욕을 여승의 육체에 안겨주는 것이었다.

"늘 있는 일이라 이젠 익숙해졌어요. 죽고 싶어도 죽지 못하는 내 몸의 인과를 생각하면 부끄럽기도 하고 슬프기도 하고. 아무래도 누군가에게 이야기할 만한 처지는 아니지요. 아, 그리고 주군의 이름만은 묻지 말아 주십시오. 영주님 가문에 불명예가 되는 일이니까요."

울면서 전하는 과거 이야기에 듣는 이들도 모두 눈물을 훔쳤다.

다음날 아침, 하룻밤 신세 진 것에 감사의 예를 표하고 다시 여행길에 오른 여승 다쓰세쓰의 행방은 묘연하다.

쇼림 하쿠엔(松林伯円), 『**미미모노가타리**(耳物語)』 제14화

6. 파약의 끝에서

"설령 네가 죽더라도 나는 후처는 들이지 않을 거야. 만약 약속을 어겼을 때는 주저할 것 없어. 혼례 날 밤 귀신으로 나타나면 되잖아……."

병상의 아내에게 그렇게 속삭이던 남자가 입에 침이 마르기도 전에 재혼한다. 그런데 귀신은 전혀 모습을 보이지 않는다.

3년째 기일 밤에 나타난 아내에게 "이제 와서, 왜!"라고 묻는 남편에게 얼굴을 붉히며 귀신이 대답한다.

"왜냐하면 입관할 때 빡빡 깎여버린 머리가 부끄러웠거든요. 머리카락이 자라길 기다렸어요."

라쿠고(落語), 『**3년째**』

I

에도 아사쿠사浅草의 가이운지海雲寺에 젠슌全春이라는 스님이 있었다. 이것은 그가 어렸을 때의 이야기이다.

젠슌이 일곱 살 때 친모가 죽고 계모 밑에서 자라게 되었다. 어느 날 밤 친모 귀신이 나타나 모기장 안에서 자고 있던 계모의 머리채를 잡고 끌어냈다. 두 여자는 한동안 서로 치고받고 싸웠는데, 이 일이 있은 후 계모는 병이 났다. 이후 매일 밤 머리맡에 귀신이 찾아와 목을 조르고 괴롭혔다. 결국 계모를 잡아 죽였다.

2

오슈奧州에서 있었던 일이다. 어떤 여자가 죽었다. 목욕을 시켜 시체를 깨끗이 하고 입관 후 안치해 두었더니 관 속에서 죽은 사람이 움직여 손이 나왔다. 장례식에 모인 사람들이 놀라 얼굴을 마주 보는 사이 옆방 하녀가 소리를 질렀다. 달려가 보니 목이 없다. 혹시나 해서 관을 열어보니 죽은 사람이 하녀의 목을 끌어안고 있었다. 늘 남편과 가깝게 지내던 하녀를 원망해서 벌인 일이었던 것이다. 죽은 사람의 애정에 대한 집착의 무서움에 대해 구도偶道 스님이 말한 실화이다.

3

에도의 고지마치^{麴町}에서 일어난 일. 임종이 임박한 아내가 남편에게 평소의 불륜을 나무라며 이렇게 말했다. "내가 죽으면 당신은 저 하녀를 후처로 삼을 생각이죠? 그랬다가는 반드시 앙갚음을 할 거예요." 남편은 아내의 말에 귀를 기울이지 않고 하녀와 재혼했다. 아내의 저주가 먼저 하녀였던 여자를 덮친다. 귀신은 자고 있던 여자의 머리를 끌어안고 울부짖으며 욕설을 퍼부었다. 이런 일이 반복되는 동안 후처는 머리카락 한 올 남김없이 뜯기고 대머리가 되어 목숨을 잃고 말았다. 간에이^{寬永} 14년¹⁶³⁷에 있었던 실화이다.

가타카나본^(片仮名本) 『인가모노가타리』 상권 제6편

연쇄되는 불행

명문가 붕괴와 폐가의 수수께끼

‘그 녀석만은 용서할 수 없어.’ 그런 생각은 인생에 한 번쯤 꼭 해보는 것이 아닐까. 비위에 거슬리는 상대가 생사의 권한을 휘두르는 상사나 교사라는 부류일 경우에는 분노도 어지간해서는 풀리지 않을 것이다.

사실 이런 ‘약자의 분노’는 에도 괴담을 지탱하는 주요 테마 중 하나였다. 영주와 가신, 주인과 하녀, 중앙관리와 지방관리, 무사 집안과 서민……. 신분제도가 있었던 시대에 횡행했던 불합리한 처사와 이름 없는 자들의 복수. 그러한 도식은 어느덧 영주 가문에 재앙을 부르는 귀신 이야기를 만들어 냈다. 사소한 잘못으로 책망당하고 무정하게 목숨을 빼앗긴 사람들의 분노가 떠도는 난폭한 귀신이 되어 주인 집안을 덮치고 마침내 집안의 대를 끊어버린다. 그리고 나중에는 일족의 영화를 말해주는 빈 황폐한 저택만 남게 된다. 무서운 귀신 이야기의 계보는 명문가 붕괴에 얽힌 수수께끼를 푸는 이야기로 에도 시민 사이에 널리 유행하고 있었다.

여기서 역사의 한 토막에 담긴 깊은 원한의 이야기를 들어보자.

1. 최후의 일념

이코마 사누키노카미^{生駒讚岐守}라는 다이묘의 가신 중에 야마구치 히코쥬로^{山口彦十郎}라는 사무라이가 있었다. 오랜 세월 주군을 위해 뼈빠지게 일했는데 히코쥬로의 영지는 아무리 기다려도 늘 어나지 않고 가난하게 살았다. 어느덧 그는 자신에 대한 낮은 평가에 분노하여 주군을 원망하게 되었다.

"나보다 나중에 들어온 자들이 바로바로 입신출세하는 것을 볼 때면 정말 속이 부글부글 끓어. 영주님은 도대체 무슨 생각을 하고 계신 것인지. 억울한 일이네."

공공연히 불만을 토로하는 히코쥬로에게 더 이상 이전의 모습은 볼 수 없어지고 목숨을 바쳐 주군을 받들어 모시던 자세는 사라져 버렸다. 머지않아 히코쥬로의 불성실한 태도가 성안에 소문이 났다. 이를 전해 들은 사누키노카미는 격노하여 히코쥬로뿐 아니라 그의 아내와 자식까지 잡아다 일가족 전원의 참수를 명한 것이었다.

며칠 뒤 등 뒤로 손이 묶인 채 히코쥬로가 형장으로 끌려가 멍석 위에 앉았다. 물론 그것은 무사의 명예를 무시하는 처사였다. 히코쥬로의 뒤에는 참수관 요코이 지로에몬^{橫井二郎右衛門}이 기다리고 있었다. 처형 시간이 되었다. 형장의 정적을 깨고 히코쥬로의 분노에 가득 찬 목소리가 울려 퍼진다.

"잠시만 기다려다오."

흥분한 목소리로 죄인은 말을 이었다.

"일을 게을리한 그딴 과실을 꼭 따지자는 것이 아니다. 그러나 내 처자에게 무슨 잘못이 있다는 겐가? 너무 무자비한 짓이 아닌가. 무사에게 이런 포박으로 수치심을 주고, 법도대로 할복을 허락지 않고 참수를 하다니 무슨 짓이냐!"

이 말을 끝내고 히코쥬로는 뒤돌아 참수관을 노기 어린 눈으로 바라보았다.

"요코이 영감, 감히 실수하지 마시게. 단칼에 내 목을 치시게. 그리고 이 마지막 원한이 얼마나 큰지 금방 깨닫게 될 것이니 두고 보세."

"알겠소."

요코이의 칼이 '윙' 소리를 내었고 한순간에 목은 앞으로 굴러 떨어졌다.

다음 순간 세상 끔찍한 있을 수 없는 일이 일어났다. 몸통을 떠난 히코쥬로의 목은 두세 번 굴러서 4~5미터 앞까지 굴러가 마치 살아있는 동물처럼 베인 부분을 아래로 하고 일어나 요코이를 부들부들 떨며 노려보았다. 웅성거리는 관리들이 힐끔거리는 가운데 입가에 미소를 띠면서 눈을 감았다.

이렇게 죄인의 처형은 끝났다.

요코이의 신변에 기괴한 일이 일어난 것은 그날 밤부터였다. 잘 때도 깨어 있을 때도 히코쥬로의 잘린 목이 나타나 피눈물을 흘리며 원망의 눈으로 바라보고 있었다. 요코이는 반 미쳐 영문을 알 수 없는 말을 지껄이며 히코쥬로의 환영을 노리고 마구 칼을 휘둘렀다. 집안사람들에게는 아무것도 보이지 않았지만 그것은 분명 망자의 혼이 벌이는 저주였다.

"용서해 줘…… 히코쥬로……, 나는 영주님의 분부에 따랐을 뿐이잖아. 봐주시게."

허공을 향해 손을 모으고 발버둥 치다 이레 안에 요코이는 미쳐 죽고 말았다. 이 사건 이후 얼마간 성 곳곳에서 히코쥬로의 모습이 목격되었다. 생전에 출근할 때와 같은 옷을 입고 허리에 두 자루의 칼을 찬 귀신이 한 번이 아니라 여러 번 동료들의 눈앞을 그림자처럼 지나갔던 것이다. 그의 귀신이 스친 자는 반드시 심한 오한에 시달리다 원인 불명의 병에 걸려 죽게 되는 것이었다. 하나 둘 희생자가 나오더니 이어서 열네 다섯 명의 사무라이가 히코쥬로의 저주에 의해 목숨을 잃었으니 가슴 아픈 일이 아닐 수 없다.

전대미문의 저주로 성안은 난리가 났고, 원령 봉인을 위해 스님이 불려갔으며 성불 공양이 성대하게 치러졌다.

공양 덕분인지 그 후 히코쥬로의 환영을 마주치는 사람은 없어졌다. 그러나 그것은 사람의 눈에 보이지 않았을 뿐 여기저기에서 사무라이의 저택 건물이 흔들리는 괴현상이 일어나기도 하고, 성안의 큰 나무가 바람도 없는데 뿌리부터 넘어지기도 하는 등 영내 곳곳에서 이변이 끊이지 않았다.

그러는 사이에 사누키노카미에 대한 부당한 처세는 공공연히 알려졌으며 주군은 할복하고 집안은 대가 끊기는 고통을 겪었다. 이것은 야마구치 히코쥬로의 최후의 일념이 낳은 업보가 틀림없다고 사람들이 수군거렸다고 한다.

히라가나본(平仮名本) **『인가모노가타리**(因果物語)**』 제6권 제4편**

• 2. 오케하자마桶狭間 전투의 비화 •

스루가駿河, 지금의 시즈오카(静岡)현의 슨푸성駿府城에서는 옛날부터 '바쇼芭蕉'의 시를 읊는 것을 엄히 금했다고 한다.

그 유래는 전국시대 다이묘 이마가와 요시모토今川義元의 시대로 거슬러 올라간다. 겐로쿠元禄 3년1560의 오케하자마桶狭間 전투에 대해 전해오는 이야기이다.

그 해 5월, 이마가와의 군은 오와리尾張지역의 오다 노부나가織田信長를 토벌하기 위해 비슈尾州 나루미鳴海를 향해 출진했다.

슨푸성을 출발하려는 때에 대장 요시모토는 늘어선 군병을 앞에 두고 바쇼의 한 곡을 노래하며 부처님께 전쟁에서의 승리를 기원했다. 이때 요시모토를 가까이에서 모시던 병사 중 한 명인 마쓰다 사젠松田左膳이라는 사무라이가 나아와 주군에게 이렇게 진언했다.

"대장님께 아룁니다. 바쇼의 시의 한 구절 '몸은 옛 절 처마 아래 무성한 풀身は古寺の軒の草'은 무운장구武運長久를 기원하는 출전의 순간에 걸맞지 않은 불길한 문장이니 부디 삼가 주시기를 청하옵니다."[I]

확실히 사젠의 말이 맞았다. 잡초가 무성한 황폐한 절의 풍경은 일문의 멸망을 암시하는 불길한 문장이었다. 그러나 이마가와 요시모토는 격노했다.

"이런 그릇이 작은 놈! 싸움의 승패가 때로는 운이라는 것을 모르는 게냐? 내 시구 하나로 길흉이 정해질 수 있다고 보느냐. 그런데 뭐라고? 네 이놈, 쓸데없는 트집으로 전 군의 사기를 꺾고 나에게 창피를 주다니 이 무슨 불충인가. 용서할 수 없다!"

요시모토의 큰 칼이 아침 햇살에 번쩍이며 단칼에 사젠의 목을 베었다.

"전군은 보아라! 머지않아 노부나가도 같은 꼴이 될 것이다."

격앙된 마음을 누르지 못한 채, 그는 2만 5천의 장졸을 이끌고 슨푸성을 뒤로하고 이치로一路·미카와三河·오와리의 국경을 목표로 했다. 애초에 이번 전투는 누가 보기에도 대군을 거느린 이마가와 쪽의 대승이라고 보고 있었다. 요시모토에게 거만한 마

I　전국시대에는 무사가 이러한 요곡을 직접 노래하며 춤과 함께 보여주는 것을 교양의 하나로 생각했고 출진 전에 이러한 의식을 행하는 관습이 있었다. 이마카와는 요곡 중 하나로 바쇼를 보여주었는데 이 내용에 포함된 망한 나라를 상상하게 하는 구절이 들어있다.

음이 생긴 것도 무리는 아니었다. 이윽고 이마가와 오케하자마 협곡 사이에 접어들자 요시모토는 전군을 향해 단언했다.

"보아라! 전군은 출전의 아침을 상기하라. 겁에 질린 사젠을 베고 그것을 오다 가문 멸망의 길조에 빗대어 시를 읊지 않았는가. 아군의 승리는 이제 바로 눈앞으로 다가왔다. 다만 유감스러운 것은 지금 여기에 노부나가의 목을 내놓지 못하는 것이다."

요시모토는 놀리듯 호탕하게 비웃어 댔다.

그때이다. 자신감에 찬 대장의 호언장담을 지워 버리듯 누구의 노래인지 허공에 '바쇼'의 시 한 구절을 읊는 소리가 울려 퍼졌다.

"할 수 없지. 생각해 보면 정한 대로만 되지 않는 것이

이 세상, 바쇼의 낙엽 더미처럼 꿈 같은 것

……이 세상, 바쇼의 낙엽 더미처럼 꿈 같은 것"[2]

그리고 당황하는 이마카와 군에게 저주의 말이 들려왔다.

"보아라. 이마가와의 명운도 여기까지!"

그것은 바로 사젠의 목소리였다.

이상하게도 지금까지 맑았던 하늘이 갑자기 흐려지고 천지

---

[2] 중국 『열자(列子)』라는 책에 나오는 고사를 바탕으로 한 이야기. 나무꾼이 사슴을 잡아 바쇼잎(파초잎)으로 덮어두었는데 숨긴 곳을 잊었기 때문에 사슴을 잡은 것은 꿈이었다고 생각하자라고 하면서 포기하는 부분이다. 이 내용은 바쇼라는 요곡(謠曲)에 포함되어있다.

를 뒤흔드는 천둥소리와 함께 거대한 마차 바퀴의 축을 떠내려 보내는 큰비가 군병을 덮쳤다. 모래바람이 날리고 거대한 나무마저 쓰러뜨리는 큰 폭풍우에 요시모토도 더 이상의 진군을 포기하고 일단 협곡 사이에 진을 치고 비가 그치기를 기다리기로 했다.

쏟아지는 폭우 속에서 모든 군인들은 갑옷을 벗고 천막을 치고 술자리를 벌이고 있었다. 그 순간 지형에 허를 찔려 오다의 정예병이 밀려들자 대군은 한순간에 흩어져 버렸다. 대장 요시모토는 목을 베이고 이마가와 군은 완전히 붕괴되었다. 이로 인한 그 일족의 멸망의 역사는 이미 잘 알려진 대로이다.

그런데 오케하자마의 참패 이후 얼마 지나지 않아 스가루 사람들 사이에 요시모토의 패인이 사젠 원령의 소행이라는 말이 퍼지게 되었다. 또 '바쇼'를 노래하면 그의 망령이 나타난다는 소문이 퍼져 성 안에서의 상연은 물론 이 곡을 암송하는 것조차 기피하게 되었다. 시간이 흘러 도쿠가와시대가 되어서도 사젠의 재앙은 멈추지 않았다.

겐나元和 연간1615~1624 말 슨푸 성주가 된 도쿠가와 요리노부德川頼宣3는 세간의 소문에 의심을 품고

"이러한 태평성대에 '바쇼'를 꺼릴 이유가 없을 것이다."

라고 가신에게 명하여 오랜만에 바쇼의 노일본 전통극를 상연하게

---

3 이에야스(家康)의 열번째 아들, 기이도쿠가와(紀伊德川) 가문의 선조.

했다. 그러자 같은 해 요리노부는 지배하는 영지가 기슈紀州로 바뀌게 되었다.

그 후, 다이나곤大納言⁴이었던 다다나가 히데타다忠長秀忠의 셋째 아들이 이 성을 차지했는데 역시 '바쇼'의 공연이 원흉이 된 것인지 형님인 이에미쓰家光와 사이가 나빠져 결국 성에서 쫓겨나 자결하고 말았다. '바쇼'를 읊으면 나라가 망한다는 소문은 사실이었다. 사젠의 저주는 지금도 슨푸성에 전해지고 있는 것이다.

『슌코쿠잡지(駿国雜志)』제24권 하편

3. 할복의 아침

에도의 한 다이묘 집안의 가신 중에 이와마 간자에몬岩間勘左衛門이라는 사무라이가 있었다. 아들 하치쥬로八十郎와 로쿠쥬로六十郎는 모두 품행이 바르지 않고 노름에 미쳐 방탕한 생활을 거듭했기 때문에 주군의 명으로 센주千住 고즈카하라小塚原에서 참수당한다. 또 부모 간자에몬도 아들의 죄의 연좌로 할복하고 이와마 가문은 땅과 재산을 몰수당하는 처지가 되었다.

할복의 아침, 간자에몬은 집행관에게 말을 건넸다.

"마지막으로 하고 싶은 말이 있소. 형을 잠시만 유예해 주시오."

---

4   태정관 관직의 하나로 4등관 차관. 현대의 국무대신에 상당하는 정부의 고관.

그렇게 말하더니 늙은 무사는 다음과 같은 자신의 이야기를 하기 시작했다.

간자에몬이 아직 젊었을 때의 이야기다. 그는 한 절의 승려와 절친한 사이였다. 승려는 포교 활동을 하며 신도들로부터 모은 돈을 대본산大本山[11]에 보내는 역할을 하던 하급 승려로 이른바 시주승[12]인 것이었다. 평소 서로 왕래하는 사이였기에 주저 없이 승려를 자기 집에 묵게 하는 일도 적지 않았다.

어느 날 밤 시주승이 이런 말을 꺼냈다.

"간자에몬 님, 미천한 소승은 운이 좋은 사람입니다. 요즘 모금 포교에 정성을 들인 덕에. 보세요, 이렇게 돈 삼백 냥을 모을 수 있었어요. 이것을 교토의 본산에 올리면 분명 높은 승위를 받고 출세하게 될 것입니다."

간자에몬의 눈앞에 묵직한 돈들이 황금빛으로 빛나고 있었다.

"오, 이런 경사스러운 일이 있나."

친근한 미소와 달리 사무라이의 마음에 사악한 생각이 든 것은 바로 이때였다.

이미 밤이 깊었기 때문에 승려는 그의 저택에 머물게 되었다. 간자에몬은 객사에서 잠들어 있는 시주승이 신경 쓰여 조금도 잠을 이룰 수 없었다.

"이놈을 죽이고, 삼백 냥을 내 것으로 만들면 얼마나 즐겁고

---

5   본거지, 총 본부.

6   아키나이히지리(商聖), 수행하며 신자로부터 돈을 모으는 승려.

행복한 삶을 살게 될까…… 그러나 이 자는 어쨌든 부처를 섬기는 몸. 승려를 살해하는 것은 불교에서 반드시 벌을 받게 될 큰 죄야. 게다가 나를 형처럼 따르는 자를 저버리는 것은 무사의 도리에 어긋나는 짓이지. 역시 인간의 도리를 저버릴 수는 없어. 그렇지만 돈은 생계를 위한 것이니……."

그렇게 번민하다가 잠을 못 이루는 가운데 동쪽 하늘이 밝아오고 먼 절의 종소리가 아침을 알리고 있었다. 이제 결단을 내릴 수밖에 없다. 간자에몬은 슬며시 다가가 시주승의 가슴을 단번에 찔렀다. 순간 번쩍 눈을 뜨고 살인자의 얼굴을 노려보는 눈빛은 어둠 속에서도 선명하게 볼 수 있었다.

"영주님, 이 원한은 절대 잊지 않을 것이요."

죽기 직전 이 한마디를 남기고 시주승은 절명했다. 간자에몬은 삼백 냥을 빼앗자 부랴부랴 시체를 남모르는 곳에 감추고 다음 날부터 아무 일도 없었던 것처럼 행동했다.

이 돈을 종잣돈으로 간자에몬의 집은 부를 쌓고 아내를 얻어 가문의 전성기를 맞는다. 그날 밤의 범행도 어느덧 먼 기억으로 변해가고 있었다.

얼마 후 아내가 아이를 임신하고 10개월 10일 후에 무사히 아들을 출산했다. 장남 하치쥬로가 태어난 것이다. 그러나 이것은 그야말로 무시무시한 복수의 징표였다.

기쁜 마음으로 산파에게 달려간 간자에몬은 첫눈에 제 아이를 보자마자 사색이 되었다. 왜냐하면 아기의 얼굴이 자신이 죽인 시주승을 꼭 빼닮았기 때문이다.

너무나 기묘한 일로 좀처럼 믿지 못하고 아이의 몸을 다시 살펴보았다.

"그 자의 허리 밑에는 분명히 큰 점이 있었어."

찾아보니 역시 같은 곳에 완전히 똑같은 점이 하나 있었다. 더이상 의심할 여지도 없었다. 하치쥬로는 승려 원혼의 환생이다. 이 기괴한 사실을 홀로 숨긴 채 수십 년의 세월이 흘렀다. 성년이 된 하치쥬로는 방탕한 나날을 보내며 부모의 재산을 탕진하고 악행을 거듭해 형장의 이슬로 사라졌다. 그리고 또 이렇게 간자에몬 자신에게도 재앙을 초래한 것이다.

"자식으로 그 죄과를 받고 무사에게 어울리지 않는 최후를 맞이하게 된 것은 자업자득. 결코 아들 하나 때문은 아닐 것이다. 이 막다른 곳에서 치욕을 견디고 나의 옛 죄를 밝히는 것은 오로지 내세의 안온을 바라기 때문이며, 또 이 참회를 통해 여러분께 인과응보의 교훈을 전하고자 함이요. 이에 조금이라도 나를 불쌍하게 여기신다면 한 구절 염불이라도 외어 주시오."

이렇게 말하고 "자, 여기까지" 하고 각오를 다진 후 간자에몬은 할복을 하고 말았다.

이것이 이와마 가문이 멸망하게 된 사연이다.

『**신쵸몬쥬**(新著聞集)』**제4보구편**(報仇篇)

오사카大阪 성이 망할 무렵의 일이다. 도요토미豊臣 측의 여인이 생포되어 에도로 보내졌다. 여인은 도쿠가와 가신단의 무사에게 넘겨져 가이甲斐지역의 영지에서 노비로 일하게 되었다. 저택에서는 아직 풋풋한 도요토미 측 여자 포로에게 호기심과 모멸이 뒤섞인 눈빛이 쏟아졌다.

호에이宝永연간 말기, 저택의 주인인 사무라이가 슨푸성을 경호하는 보직에 임명되어 자신의 영지를 떠났다. 부재중에 자택을 지키는 부인은 평소에도 눈엣가시로 삼았던 여자 포로를 더욱 괴롭히고 사소한 실수로도 엄벌에 처했다.

그러던 어느 날 열두 살이 되는 영주의 딸이 갑자기 뜻밖의 죽음을 맞이하게 된다. 점복술로 원인을 알아보니 안방마님에게 원한을 품은 여자 포로의 저주라고 나왔다. 부인은 물론이고 집안 모든 사람들의 분노가 여자 포로에게 모아졌다. 특히 아가씨를 돌보던 유모의 가학적 행동은 글로는 다할 수 없을 정도였다. 이 여자의 지시로 처벌이 밤낮없이 이어진 탓에 마침내 여자 포로는 괴로움을 견디지 못하고 자신의 목에 무거운 차茶 맷돌을 맨 채 깊은 우물에 몸을 던지고 말았다.

다음날 아침, 여자의 시체가 오래된 우물 바닥에서 끌어올려졌다. 한창 검시 중에 무슨 일인지 한 치 정도의 작은 뱀이 검푸르게 변한 피부를 뚫고 튀어나왔다. 사람들은 놀라서 부랴부랴

때려죽였지만 비슷한 뱀이 또 몸 곳곳에서 기어 나와 굽은 목을 쳐들었다.

심지어 죽여도 죽여도 뱀의 무리는 끝도 없이 나와 집 툇마루에 올라가 문턱을 넘어 방 안으로 침입하기에 이르렀다. 모든 뱀들이 안방을 향하고 있었다. 원망스러운 눈빛으로 조용히.

결국 귀신을 쫓는 데 통달했다는 진언승真言僧을 불러 마물魔物을 막기 위한 굿을 벌였다. 효험이 있었을까? 이후 뱀은 슬금슬금 사라졌다. 물론 이때는 누구나 이 괴이한 일이 끝났다고 믿어 의심치 않았다.

하지만 여자 포로의 원한은 가라앉지 않았다. 이 사건 후 몇 대에 걸쳐 가문의 후계자가 요절하고 마침내 가문의 혈통이 끊겨 버린 것이 무엇보다 그 증거이다.

가타카나본(片仮名本)『인가모노가타리(因果物語)』상권

5. 풀이 무성한 폐허

반잔伴山이라 불리는 떠돌이 수도승이 있었다. 이 수도승이 여러 지역에서 보고 들을 것을 기록한 『후도코로스즈리懷硯』라는 책에 다음과 같은 기담奇談이 실려 있다.

이 이야기의 무대가 되는 지역은 시모우사노쿠니下総国, 현재 지바현(千葉県) 스가야마須賀山이다. 도대체 누구의 집터일까? 반은 무너

져버린 돌담에 둘러싸인 광활한 폐허가 여름날 무성한 풀에 뒤덮여 무참한 모습을 하고 있었다. 영고성쇠榮枯盛衰의 아픔에 안타까움을 느끼고 반잔은 그 자리에 있던 동네 노인에게 저택의 유래에 대해 물었다.

"거기에는 깊은 사연이 있습니다. 이 일의 전말을 모두 이야기하지요."

노인은 담배연기를 내뿜으며 천천히 말하기 시작했다.

옛날 이 땅의 영주에게 다카쓰카 오키노신高塚沖之進이라는 사무라이가 있었다. 유서 깊은 부자 집안으로 이웃 영지 대관의 딸을 정실로 맞아 아무 불만 없는 나날을 보내고 있었다.

그런데 아내가 갑자기 기분이 좋지 않다고 하더니 그대로 병석에 누워 버렸다. 친정에서 따라온 유모가 곁에서 간병했지만 나날이 병세가 악화되어 마침내 의사도 포기하고 여명이 얼마 남지 않은 지경에 이르렀다.

적어도 깨끗한 잠자리에서 마지막을 맞게 해주고 싶어서 더러워진 요를 갈아 주려던 유모의 얼굴빛이 갑자기 변했다. 마침 안방마님이 누워있던 등 근처에서 온몸에 못이 박힌 인형을 발견했기 때문이다.

자세히 보니 인형에 그려진 기모노의 무늬나 오비[7]의 색은 항

---

7   기모노를 입을 때 허리에 묶는 띠.

상 안주인이 항상 하고 다니던 것들이 틀림없었다. 게다가 생김새부터 눈매와 점까지 고스란히 안주인과 닮게 표현되어 있다. 이는 누군가가 안방마님을 저주로 죽이려고 숨긴 주술의 증거로 의심할 수밖에 없는 것이었다. 여인들은 모두 눈에 보이지 않는 저주의 악의에 몸을 떨었다. 이 사실을 알리려고 유모는 곧 오키노신에게 달려갔다.

"대체 누가 이런 무서운 계략을 꾸민 것일까요? 어릴 적부터 귀하게 길러져 마음씨 고운 분께 무슨 원한이 있다는 것인지. 이 일의 범인을 찾아 엄벌에 처해주십시오."

오키노신은 아내의 병의 진상을 전해 듣고 분노했다.

"그런 일이 있었단 말이지. 아내의 생명을 빼앗으려 한 미친놈을 가만둘 수 없지. 내가 어떤 수단을 써서라도 악행의 자초지종을 밝혀내고 말겠다."

그때 마침 저열한 저주를 보고 분노에 떠는 오키노신에게 아내의 용태가 심상치 않다는 소식이 전해졌다. 의사를, 약을, 하면서 떠드는 사이 아내는 숨을 거두어 서른한 살의 짧은 생에 막을 내렸다. 저택에서 한탄하지 않는 이가 없었으며 눈물로 죽은 사람을 보내기 위한 의식을 마쳤다.

어느덧 죽은 지 이레가 지나고 저주의 범인에 대한 지독한 조사가 시작되었다. 우선 침소를 담당하던 하인 중 몸단장하는 시녀 '엥'과 머리단장하는 시녀 '몬'에게 혐의를 두었다. 두 사람은 제일 먼저 안채로 불려가 오키노신의 엄한 심문을 받게 되었다.

"누군가가 이불 밑에 인형을 숨겨두었다면 너희들 뿐일 것이다. 잠자리 근처에서 모실 수 있는 사람은 너희들 말고 달리 없다. 자백하지 않는다면 어떤 고통을 주어서라도 말하게 하고 말겠어."

오키노신은 눈을 부라렸다. 그러나 아무리 따지고 물어도 나오는 게 없었다. 계속해서 두 사람은 입을 모아 자신의 결백을 호소했다.

"외람된 말씀이오나, 정말로 아무것도 모릅니다. 생전에 사모님께서 그처럼 상냥하게 대해주신 데에 진심으로 감사하고 있습니다. 은혜를 원수로 갚는 불충한 짓을 벌일 리 없습니다. 마님이 타계하신 후 눈물로 지새우는 나날이온데, 그 와중에 이런 의심을 받게 되다니 진심으로 슬프기 짝이 없습니다."

흐느끼는 두 사람의 태도가 오히려 오키노신의 잔인한 본성에 불을 지폈다.

"어설픈 심문으로는 부족하다는 것인가? 좋아, 그럼 이건 어때?"

하인에게 명하여 시녀들의 옷을 벗기고 뒤뜰의 넝쿨나무에 매달았다. 엥과 몬은 한겨울 추운 날씨에 속옷 한 장 차림으로 물조차 없이 사흘 동안이나 밖에 방치되었다.

그래도 입을 열지 않는지라 화가 치밀어 이래도 참을 수 있겠느냐는 듯이 여자들의 허벅지에 한 개 한 개 바늘을 꽂아가며 추궁하였다. 그 아픔은 지옥의 바늘 더미도 이 정도일까 싶을 정도였다. 차라리 죽는 게 낫다고 여자들은 비명을 지르며 몸부림쳤다.

"저희는 죽는 것은 두렵지 않습니다. 그렇지만 나쁜 짓을 한 사람이라고 뒤로 손가락질을 당하고, 이렇게 질책당하고, 마지막까지 세상 사람들에게 조롱을 받는 것은 견딜 수 없이 괴롭고 원통합니다."

피로 물들어 신음하는 여자들에게 또 다른 비난이 쏟아졌다.

"네 이년들, 아직도 말을 하지 않을 테냐. 이 어리석은 년들! 문초가 부족한 것 같구나."

이번에는 두 사람의 발에 돌을 매어 저택 밖 깊은 못에 던졌다. 두 사람은 목만 밖으로 내민 채 물속에 내버려졌다. 정확히 12월 말의 한겨울 무렵이었기 때문에 연못의 물은 상상을 초월하게 차가웠다. 그 해는 눈도 내리지 않는 극심한 추위가 계속되었다. 너무 추워서 대나무 깨지는 소리가 울려 퍼지고 폭포마저 얼어붙는 엄동 속에서 두 사람은 덜덜 떨면서 밤낮없이 마냥 염불을 외며 참았다.

"나무아미타불, 나무아미타불……."

사라져가는 기도가 수면에 부는 바람을 타고 흘러간다. 5일째의 황혼이 찾아왔다. 이미 한계였다.

"죄 없는 사람에게 이런 고통을 주고 목숨을 앗으려 하다니…… 아무리 주군이라도 그런 무도한 행동이 용서받을 수 있는 것인가? 원망의 일념을 어찌 헤아릴 수 있으리. 억울하네, 분하네!"

여자들의 비분의 절규가 못에 스며들며 젊은 목숨이 물거품처럼 사라져갔다. 저택에서 일어난 소식을 듣고 하녀의 부모 형제들은 육친의 끔찍한 최후를 원통해 했지만 영주가 상대이니 어쩔 수 없이 억울한 눈물만 흘릴 뿐이었다.

한편, 부인의 장례식이 끝난 지 수개월이 지났을 무렵 하녀·하인의 대부분이 휴가를 가게 되었다. 그중에 바느질을 담당하는 '유타'라는 이가 있었다. 이 여자는 안주인이 병으로 쓰러진 바로 그 시기에 몸이 좋지 않아 고향으로 돌아갔다. 하녀를 정식으로 그만두기 위해 갈아입을 옷 등의 개인 물품을 찾으러 온 참이었는데 항상 바느질에 사용하던 바늘이 없어졌다고 소란을 피우기 시작했다.

"그것은 교토 3조京都三条"의 미스야 침방에다 주문 제작한 소중한 물건이니 부디 찾아봐 주세요. 주인어른 허리춤의 검과 마찬가지로 저에게는 목숨과 바꾸어서라도 찾아야 할 보물입니다."

유타의 이야기를 듣고 유모가 물었다.

"너는 그 바늘을 어디에 둔 것이냐?"

"네, 사모님께서 주신 의상 본에 일곱 개 전부 잃어버리지 말라고 꽂아 둔 것입니다."

유모는 '헉' 하고 깜짝 놀라 문제의 저주 인형을 꺼내 들고,

"설마 이것은 아니겠지?"

하고 겁에 질려 인형을 여자에게 보였다.

"아, 이거예요, 이거예요."

기쁜 마음으로 돌아가는 하녀의 뒷모습을 보며 모든 것을 깨달은 유모는 경솔한 자신의 판단을 뉘우쳤다.

하나하나 바늘을 찔러 고통을 주는 모습
(『후도코로스즈리(懷硯)』에서(와세다대학도서관 소장))

"이게 무슨 일이냐. 죄 없는 하녀들을 문책해 죽여버렸다니……"

그러나 아무리 후회해도 두 사람의 목숨은 돌아오지 않는다. 그 후, 1년도 채 지나지 않아 유모는 원인 불명으로 죽었다. 그리고 다음 해 봄 오키노신도 몸에 이변이 생겨 정신이 나간 채로

"아 무서워라, 춥다 추워…… 얼음 검이 내 몸을 뚫는구나."

라는 의미를 알 수 없는 말을 지껄이다 울부짖으며 죽었다.

이렇게 해서 가신도 뿔뿔이 흩어지고, 다카쓰카의 저택은 사는 이 없는 폐가가 되어 버렸다. 가문의 영화는 허망한 꿈으로 사라졌고 나중에는 온통 풀 무더기만이 남았다. 그뿐이 아니다. 지금도 차가운 비가 내리는 밤이면 집 주위를 서성거리는 귀신의 환영이 보인다고 한다.

노인의 이야기를 들은 반잔은 참살 당한 여인들의 망념을 달래기 위해 차분하게 두 손을 모아 『법화경法華経』을 외며 다시 정처 없는 수도 여행을 떠났다.

이하라 사이카쿠(井原西鶴), 『후도코로스즈리(懐硯)』 제3권 제5편

6. 반쵸 사라야시키

사라야시키皿屋敷 괴담을 이야기하기 위해서는 먼저 에도 5번지에 전해지는 요시다 고텐吉田御殿에 대한 전설에서부터 시작해야 한다.

I

때는 도쿠가와 3대 쇼군将軍 이에미쓰家光가 통치할 무렵이다. 5번지의 담당 관원인 가신단의 요시다 다이젠노스케吉田大膳亮의 저택이 막부의 명에 따라 아카사카赤坂로 이전되었다. 2,500평에 달하는 가신의 저택이 철거되어 광대한 공터가 되었으므로 에도의 민중들은 이곳을 평지 저택, 즉 '사라야시키皿屋敷'라고 부르게 된 것이다.

머지않아 사라야시키는 새 주인이 될 덴쥬인天樹院을 맞이하게 된다. 이 여자는 2대 쇼군 히데타다秀忠의 장녀 '치히메千姫'로 일곱 살에 오사카성의 도요토미 히데요리豊臣秀頼에게 시집을 갔다. 덴나天和 원년1615, 이에야스家康가 도요토미를 공격하던 때 거센 불길에 휩싸인 오사카성에서 구조된 후, 나중에 에도로 옮겨져 도쿠가와德川의 가신인 혼다本多 미노노카미美濃守와 재혼했다. 미노노카미의 죽음과 함께 덴쥬인이라는 호를 받고 요시다 고텐御殿의 여주인이 된 것이다.

이때 덴쥬인은 아직 서른 안팎의 한창나이였다. 박복한 처지로 태어나 역사의 어두운 소용돌이에 휘말렸던 탓인지 어지간히 남자 관계가 좋지 않아 궁궐 안팎에 음란한 행동에 대한 소문이 돌았다. 요시다 고텐의 문전을 왕래하는 젊은 남자를 보면 일단 끌어 들인다고 해서 어느덧 세간에

"요시다를 지나가면 2층에서 부른다네."

라는 노래를 들을 수 있었다고 한다.

어느 날 덴쥬인은 고텐에서 일하는 젊은 사무라이 하나이 이키花井壱岐를 맘에 들어 해 깊은 사이가 된다. 그런데 하필이면 하나이는 여주인의 눈을 피해 후궁 중 한명인 다케오竹尾에게 수작을 걸고, 다케오도 잘생긴 하나이에게 마음을 주어 둘은 서로 사랑하는 사이가 된다. 이를 알게 된 덴쥬인은 질투에 미쳐 다케오의 얼굴을 화로의 숯불로 지져 다시 보고 싶지 않은 추한 얼굴로 만들고는 하나이를 붙잡고 쏘아붙였다.

"그대는 나의 정을 받으면서 잘도 망신을 주셨군요. 사랑스러움이 넘쳐 미움이 백배라더니 바로 이런 경우군요."

마치 귀녀鬼女같은 모습이 되어 장도를 칼집에서 빼어 들고, 도망치는 하나이의 가슴을 한칼에 베어 죽였다. 튀는 피를 뒤집어쓴 여주인은 어깨를 들썩이며 숨을 몰아쉬며 입가에 웃음을 띠고 젊은 사무라이의 몸을 계속 찔러댔다.

끔찍한 모습으로 변한 하나이의 시체를 덴쥬인의 명에 따라 고텐의 북서쪽에 있는 낡은 우물에 던지는 것으로 이 일은 끝이 났다.

メイジ시대 강담본 『사라야시키』 표지

그 후부터 여주인의 뜻을 어기는 자는 모조리 참살 당해 이 우물에 던져지게 되었다. 당시에 전해지는 말에 행방불명이 되는 것을 반쵸番町 부근의 지명을 따서 '고지마치小路町의 우물'이라고 한 것은 요시다 고텐의 공포의 우물에 얽힌 풍문을 근거로 한 것이라고 전해진다.

생각해보면 인간의 행동이라고는 생각되지 않는 덴쥬인의 난폭한 행동도 과거의 숙업이 만들어낸 것인지도 모른다. 도쿠가와 가문 때문에 멸망한 도요토미 가문의 원한, 나아가 히데요리秀賴[8]와 요도淀[9]의 원념. 쌓이고 쌓인 무수한 한과 저주들이 이에 야스의 자손인 덴쥬인의 몸을 빌려 수많은 불행으로 치닫게 한 것일지도 모른다.

그런데 얼마 지나지 않아 덴쥬인이 죽자 저택은 헐리고 요시다 고텐은 다시 원래의 평지가 되었다. 다만 폐허 안쪽에 입을 쩍 벌린 오래된 우물만은 그대로 남겨졌다.

보슬비 내리는 밤 푸르게 빛나는 도깨비불이 흔들흔들 춤추고

---

8 에도 초기의 무장. 히데요시의 둘째 아들. 어머니는 요도. 6세에 도요토미 가문을 계승했지만, 세키가하라 전투 후에 60만석의 다이묘로 격하. 도쿠가와 히데타다의 딸 센히메와 결혼했다. 이후, 우다이진으로 승격했지만, 오사카 나쓰의 전투에서 패하고 요도군과 함께 자결했다.

9 도요토미 히데요시의 후궁. 차차라고도 불리며, 아사이 나가마사(浅井長政)의 장녀이다. 어머니는 오다 노부나가(織田信長)의 여동생 오이치. 아사이 집안 멸망 후, 시바타 가쓰이에에게 재가한 어머니와 함께 에치젠 호쿠쇼에 간다. 시바타 집안 멸망 후, 히데요시가 데려가 그의 후궁이 된다. 덴쇼 17년(1589) 요도성을 받아 장남 쓰루마쓰, 차남 히데요리를 낳고 권세가 드높았으나, 오사카 나쓰의 전투에서 패한 후 히데요리와 함께 자결했다.

있는 것을 보고 지나는 사람들은 이곳을 "도깨비 저택"이라고 부르고 아무도 접근하지 않게 되었다. 오사카 성의 몰락한 시초부터 지금까지 몇 세대에 걸친 사람들의 원한이 오래된 우물의 밑바닥 깊숙한 곳에 응어리져 아직도 사라지지 않고 침전해 있기 때문일까. 반쿄의 사라야시키는 그야말로 저주받은 저택이었다.

2

바야흐로 에도 핫퍄크야쵸八百八町[10]가 번영의 절정을 맞이하고 있던 때였다. 나누어 줄 땅이 비좁아지자 무사 가문의 담당 영토를 찾기 어려워진 시대임에도 불구하고, 반쿄의 사라야시키만은 담당을 청하는 사람이 없어 시내의 일등지임에도 불구하고, 여전히 황폐한 채 기분 나쁜 광경 그대로였다.

그 당시 가신 중 하나로 도적 토벌을 담당했던 아오야마 슈젠青山主膳이라는 천오백 석의 녹을 받는 사무라이가 있었다. 술을 좋아하는 심지 굳은 자이며 게다가 우는 아이도 멈추게 한다는 도적 잡는 역할도 담당하고 있었기에 아무런 주저 없이 요시다 고텐의 영지를 배속 받기로 하고 아오야마에 저택을 짓게 했다.

슈젠은 가신을 시켜 막혀 있던 오래된 우물을 파내고 생활용수로 삼았다. 그곳이 나중에 아오야마 집안의 붕괴를 가져오는 악연의 우물이 될 것이라는 것을 누가 상상이나 했을까.

---

[10] 그 수가 많았다는 것을 의미하는 표현. 에도 팔팩팔쵸 오사카 팔백팔 다리라는 표현이 있음.

69
제2장 · 연쇄되는 불행

당시 이 일대 에도 거리를 뒤흔든 대도적의 우두머리 무코우자키 진나이向崎甚内라고 불리는 자가 있었다. 원래는 아오야마 근처의 슈겐도修験道[II] 도장의 사범을 하고 있었으나 노름에 미쳐 악행에 발을 들였고 지금은 저택을 터는 도둑이나 노상강도 등 도적의 길을 걷고 있다. 그러나 손이 워낙 빨라서 포박을 하려던 포졸들이 차례로 당하고 마는 상황이었다.

슈겐도 이 사건으로 늦은 밤까지 난감해하던 가운데 밀정으로부터 요즘 진나이가 학질에 시달리고 있다는 것을 곧바로 포졸을 보내어 간단히 그를 잡았다.

피의자 심문을 하고 책형 선고가 내려지고 진나이는 아사쿠사 도리고에浅草鳥越 다리 사형장의 이슬로 사라졌다.

무카이자키 진나이는 그해 열여섯 살이 되는 외동딸이 있었다. 이름은 오키쿠お菊라고 하며 얼굴이 예쁠 뿐만 아니라 꽤 싹싹한 젊은 여자였기에 슈겐의 저택에 넘겨져 물긷기 등 힘든 일을 하는 노비로 평생 일 할 것이 명해졌다. 불쌍한 오키쿠는 아직 젊디젊은 몸으로 자유가 없는 노비의 처지에 놓여 슈겐의 뜻에 따르는 일생을 보내야만 했다.

오키쿠를 괴롭힌 것은 죄인의 딸이란 오명을 씌운 슈겐의 모진 처사만이 아니었다. 그녀의 미모를 시기한 부인은 남편과의

[II]   산에서 엄격한 수행을 통해 깨달음을 얻고자하는 산악신앙이 불교와 도교와 융합된 일본의 독자적인 종교이다. 슈겐도의 수도승을 야마부시 혹은 슈겐샤라고 부른다.

사이를 의심하고, 사사건건 오키쿠에게 매섭게 대하고, 사소한 잘못에도 책망하고 호되게 꾸짖었다. 그야말로 바늘방석 같은 곳이었다. 자나 깨나 입에 담을 수 없는 욕설과 매질의 폭풍이 가냘픈 여자아이에게 가해졌다. 그러나 오키쿠에게 도망칠 방법은 없었으며 그저 참을 수밖에 없었다.

쇼오承応 2년1653 설 명절이 돌아왔다. 둘째 날 아침 오키쿠는 설 잔치 준비를 위해 아오야마 집안에 전해 내려오는 가보인 난킨南京 접시 10장을 곳간에서 꺼내려 했다. 그런데 몸이 얼어붙을 추위에 떨다 접시 한 장을 떨어뜨리고 말았다. 흩어진 조각들을 바로 주워 이어 보았지만 때는 이미 늦었다. 깨진 접시를 들고 어찌할 바를 모르는 오키쿠의 모습에 동료 시녀들이 동정하며 격려의 말을 건넸다.

"아무리 냉혹한 어른이라도 설 잔치가 한창이니 조금 꾸중은 들을지 몰라도 설마 접시 대신 손발을 뜯기지는 않을 거야. 오키쿠도 맘을 단단히 먹어야 해."

걱정해 주는 시녀들 등 뒤에 검은 그림자가 서 있었다. 눈을 부라리고 있던 사람은 안주인이었다.

"전부 들었어. 손발까지는 떼어내지는 않을 것이다. 자자, 재밌군. 시험해 보자구. 자 오키쿠야, 손발을 내밀어 봐라."

안주인은 오키쿠의 검은 머리를 왼손에 감아쥐고 끌고 다니며 오른손에 든 막대자로 마구 때려 대는 것이었다. 히익 히익 히익 울음소리가 설날 요시다 고텐에 울려 퍼진다.

"제발 용서해 주세요. 용서해 주세요."

필사적으로 사죄하는 오키쿠. 거기에 소란을 듣고 온 슈젠이 모습을 드러냈다.

"뭐야! 가보인 접시를 오키쿠가 깨뜨렸다고! 못된 년, 목을 쳐 버릴 것이다."

이번에는 슈젠의 차례이다.

"그 접시는 집안의 귀한 물건이다. 어떻게 할 것이냐. 자, 어떻 게 사죄하면…… 소중한 접시 대신에 그 손가락 하나를 잘라 주 랴? 열 장 모음이었는데 한 장이 떨어져 버린 것이 아니냐. 네 손 가락으로 보상을 해야지."

말처럼 빠르게 오키쿠의 팔을 비틀어 올리고 겨드랑이를 잡 아 빼 오른쪽 중지를 잘라낸다.

"히익~"

혼이 빠져나가는 듯한 여자의 비명. 이후 더 상상을 초월하는 고통이 밤이 늦도록 가차 없이 가해진다.

마지막에는 벌레처럼 숨만 붙어있던 오키쿠의 손을 뒤로해 묶고 아내 방에 밀어 넣은 뒤, 슈젠은 아무 일도 없었던 것처럼 부인과 함께 정원에서 주연을 즐기며 시녀를 잡은 일을 안주 삼 아 술잔을 기울이길 거듭하는 상황이었다.

그로부터 며칠이 지나고 설 보름이 되었다. 정월 보름까지는 아무리 접시를 깬 죄인이라고 해도 벌할 수도 없는 법이다. 그러 나 여전히 오키쿠는 안방에 유폐된 채였다.

"아무리 주인어른이라도 손가락까지 자르다니 너무 심한 처사가 아닌가. 부모로부터 받은 신체가 해쳐진 억울함을 어찌할까. 이런 성치 않은 몸으로 앞으로 어떻게 살아갈 수 있을까? 아슬프다."

온몸이 상처투성이가 된 몸을 이끌고 오키쿠는 살며시 집을 빠져나가 정원 뒤 우물까지 도망쳤다.

"아무리 내가 잘못을 했다고 해도 증오스런 아오야마 부부 이대로 안온하게 놔둘 성싶으냐. 내가 듣기로 안주인 뱃속에는 주인어른의 아이가 있다고 하니 한 손가락의 원한은 아오야마의 자식에게 받을 것이다."

원한의 절규를 남기고 오키쿠는 우물 속에 몸을 던졌다. 솔바람이 '슝슝' 울리는 추운 설날 밤이었다.

다음날 아침 오키쿠의 시체가 우물에서 끌어올려졌다. 관가에는 병으로 죽었다고 신고하고 모든 것이 끝난 것처럼 보였다.

반년 후, 아오야마 집안에 장자가 태어났다. 그러나 이 아이는 태어나면서부터 오른쪽 중지가 하나 없었다. 누가 보아도 오키쿠의 저주가 명백했다. 저택에서 일하는 사람들 사이에 오키쿠의 깊은 원념에 대한 전율이 퍼져 나갔다.

게다가 재앙은 여기서 그치지 않았다. 출산 다음날부터 오키쿠가 몸을 던진 그 우물가에는 귀신이 출몰하게 된 것이다.

매일 밤 12시가 되면 도깨비 불이 우물 주위를 둘러싸고 가녀린 여자의 목소리가 그릇을 한 장 한 장 세기 시작하는 것이었다.

"하나, 둘, 셋, 넷……."

아홉까지 세면 유령은 으레 고통스러운 비명을 지르며,

"아니야! 하나 부족하잖아. 아! 애석하구나. 분하구나."

라고 한탄하며 슬퍼한다.

기괴한 일이 그치지 않자 아오야마 가문의 시종들은 하나둘씩 작별을 고하고 마침내 손님도 없어지고 부부 둘만 남게 되고 말았다.

아오야마 가문의 괴이한 이야기는 머지않아 막부에까지 들어가 주인의 잘못된 행적을 따지고 더욱이 영지를 거두었다는 소문이 들려왔으며, 결국 아오야마 집안은 멸문의 아픔을 겪었다. 조상 대대로 물려받던 토지를 잃고 가문의 명예에 오점을 남긴 것도 모두 아오야마 집안에 대한 오키쿠의 저주 때문임이 틀림없다. 모두 그렇게 생각하고 있었다.

그러나 아오야마 가문의 멸문에 관계없이 우물의 귀신은 사라지지 않고 반쵸의 황폐한 저택을 중심으로 매일 밤 슬픈 표정으로 이승에 나타나 '하나, 둘……' 하고 접시를 셌다. 무섭기 짝이 없는 이 귀신 이야기가 태평성대라고 떠들어대던 에도 사람들을 벌벌 떨게 만들었던 것은 두말할 필요도 없을 것이다.

3

반쵸 사라야시키 괴담은 눈 깜박할 사이에 에도 시내에 떠도는 소문이 되어 시내 사람들을 공포의 수렁에 빠뜨렸다.

막부는 민심을 혼란시키는 요망한 귀신이 나오는 폐가를 내버려 둘 수 없어 골머리를 앓고 있었는데, 이윽고 이 건에 종지부를 찍기 위해 고이시카와 덴즈인小石川伝通院의 명망 높은 승려 미카즈키 료요三日月了誉가 뽑혀 왔다. 정토종의 석학이며 수많은 원령 봉인을 위해 활약을 한 것으로 알려진 이 고승에게 괴이한 사건의 처리와 오키쿠의 망혼 구제를 의뢰하기로 했다. 관가에 든 료요는 정토종의 비법에 따라 망령 성불의 의식을 행했다.

"오키쿠의 저주는 예사롭지 않습니다. 이렇게 된 마당에는 우리 종파의 염불 의식으로 성난 영혼을 구제할 수밖에 없습니다. 아미타阿弥陀 님께 의지해야 하는 것이지요."

염주를 굴리며 료요는 염불을 외우고 이내 반쵸 사라야시키로 향했다. 밤의 장막이 내려 주변은 조용하다. 우물가에 앉은 료요의 염불이 칠흑 같은 어둠을 정화시킨다. 밤 12시가 되었다. 푸르게 빛나는 도깨비 불과 함께 우물에서 오키쿠가 나타나 접시를 세기 시작했다.

"하나, 둘, 셋, 넷……."

점점 목소리가 떨리며 "아홉"에 이르면

"한 장 모자란다. 앗! 애석하다. 분하다!"

라고 몇 번이고 고함을 친다. 아무리 염불을 외쳐도 귀신의 탄식은 그치지 않았다.

"이 떠도는 원혼은 여간해서는 사라지지 않을 것 같군."

료요는 이것저것 궁리한 끝에 다음날 밤 다시 한번 우물가에

가서 생각에 잠겼고 오키쿠 귀신의 출몰을 기다렸다. 또 다시,

"하나, 둘, 셋, 넷……."

"아홉"까지 세었을 때, 갑자기 료요의 큰 소리가 밤의 정적을 찢었다.

"열!"

그러자 오키쿠의 얼굴빛이 바뀌었고 이내 만족스러운 미소를 띠며 합장을 했다.

"아, 기뻐라, 고마워요."

오키쿠의 모습은 폐가의 어둠 속으로 사라져 보이지 않게 되었다. 열 장에 한 장이 부족함을 탄식하는 망령. 석학 료요는 죽은 자의 억울함이 접시뿐 아니라 잃어버린 손가락에 있음을 깨달았다. 그러므로 "열"을 더해주는 기지를 발휘해 성불에 성공한 것이다.

세간 사람들은 미카즈키 료요의 재치와 법덕을 크게 칭송했다고 한다. 이렇게 괴이는 종식되었고 에도에도 다시 평화가 찾아왔다. 그럼 지금 사라야시키는 어떻게 되었느냐고? 직접 확인해 보시면 어떠실지.

바바 분코(馬場文耕), 『**사라야시키변의록**(皿屋敷弁疑録)』

오키쿠무시(於菊虫) 다케하라 슌센(竹原春泉)
『에혼햐쿠모노가타리(絵本百物語)』, 국서간행회(国書刊行)

제2장 · 연쇄되는 불행

제3장

슬픈 사랑 이야기

남편과 아내, 어미와 자식 그리고 연인들

요괴와 귀신의 차이점은 무엇일까?

예로부터 일본의 대지에는 산천초목에 신령이 깃들어 있다고 믿었다. 이렇듯 자연에 기반을 둔 존재를 요괴라고 한다면, 귀신은 분명 우리 인간의 감정과 가까운 존재라고 할 수 있을 것이다.

귀신이란 죽어서도 생전의 삶을 이어서 살고(?) 있는 존재이다. 울고, 슬퍼하고, 분노하고, 몸부림친다. '억울하다. 억울해'라고 울부짖으면서 나타나는 귀신은 모두 그런 모습으로 나올 수밖에 없는 사정을 가지고 있다.

특히 사람을 사랑하는 마음, 배신한 연인에 대한 분노의 정, 혹은 자식의 장래를 걱정하는 모성애 등은 이 세상에 미련이 남은 귀신에게 빠질 수 없는 출몰의 동기가 된다. 그러한 정념은 일방적이고 이기적인 짝사랑인 경우도 있고, 부모와 자식 혹은 부부의 인연처럼 끊기 힘든 관계인 경우도 있어 다양한 변주를 보이고 있다.

이 장에서는 에도 괴담에 나타난 사랑의 모습들을 자세히 엿

보고자 한다. 사람의 생김새가 십인십색인 것처럼 귀신들의 사랑의 행태도 하나같지는 않은 것이다.

1. 원앙 부부

잇큐一休 스님이 교토의 선사에 계실 때의 이야기이다. 시모교下京의 시치조七条 부근에 하에몬羽右衛門이라는 신자가 있었는데 자주 잇큐의 암자를 방문해 설교에 귀를 기울이곤 했다.

사람들 눈에는 독실한 신자처럼 비쳤지만, 실은 하에몬은 사냥꾼으로 항상 살아있는 것의 생명을 빼앗으며 살고 있었다. 부처님의 가르침을 어기는 자신의 '살생'을 부끄러워하면서도 생활을 위해서는 어쩔 수 없이 야산에 나가 새나 짐승을 잡는 나날을 보내고 있었다.

어느 가을날 황혼 무렵 잇큐 스님은 언제나 그렇듯이 하에몬에게 부처님의 가르침을 들려 주었다. 설교가 일단락되었을 무렵 스님은 덧붙여 이런 옛이야기를 하기 시작했다.

"하에몬, 자네의 고민은 잘 알고 있네. 아무리 살기 위해서라도 살아 있는 것을 죽이는 삶의 괴로움이 몸에 사무치는 게지. 내가 한 가지 재미있는 이야기를 해주겠네. 잘 들어보게."

잇큐 스님은 헛기침을 하고, 말을 이었다.

"옛날 옛적 아직 젊은 수행승 때의 일이네. 여행 중에 들른 시모쓰케노쿠나下野国, 현재 도치기현(栃木県)지역의 아소누마阿曽沼에 한 사냥꾼이 살고 있었네. 그날은 사냥감이 적은 날이었어. 이제 그만 하고 돌아갈까 하다가 문득 아소누마 쪽을 보니 해질녘의 수면에 원앙鴛鴦이 날개를 접고 쉬고 있지 않겠는가. '잘됐다!'라고 생각하고 활과 화살을 들어 한순간에 사살했지."

하에몬은 몸을 내밀어 스님의 견문담에 귀를 기울였다. 그것은 아주 기묘한 이야기였다.

그날 밤 사냥꾼은 이상한 꿈을 꾸었다. 보기에도 신분이 높아 보이는 여인이 비단옷을 입고 머리맡에 서 있었다. 아름답고 품위 있는 여인의 표정은 원망과 슬픔으로 일그러져 있었다. 주룩주룩 눈물을 흘리며 날카로운 눈빛으로 호소했다.

"왜 죽였어. 소중한 우리 그이를. 이 못난 놈!"

사냥꾼에게는 비난받을 만한 일을 한 기억이 없었다.

"저는 아무것도 모릅니다. 사람을 잘 못 본 것은 아니신지요?"

여인이 목소리를 높였다.

"아직도 시치미를 떼느냐. 황혼 무렵 아소누마에서 한 일을 설마 잊지는 않았겠지."

거기까지 말하고, 여인은 시 한 수에 마음을 담아 낭랑하게 읊조렸다.

"해질녘 늘 함께였던 아소누마의 들풀 속에

이 얼마나 애절한 노래인가. 사냥꾼은 자신의 잘못을 깨달았다.

"미안합니다. 미안해요."

사과의 말을 하는 순간 떠나는 여자의 뒷모습이 새로 변해가는 것이 보였다. 활로 쏘아 죽인 원앙의 아내였다.

다음날 아침, 사냥 주머니 속을 다시 살펴보니 암수 원앙이 서로 부리와 부리를 맞대고 죽어 있었다.

"어떠냐, 하에몬. 비록 새지만 사람과 마찬가지로 남편을 사랑하고 아내를 돌보는 법이지. 세상의 이치를 잘 보아라. 사람으로서 옳고 그름을 구분하지 못하는 것은 너무 어리석은 일이라고 생각하지 않는가."

논리 정연한 잇큐 스님의 설교에 감동을 받은 하에몬은 활과 화살을 버리고 다시는 살생을 하지 않았다고 전해진다.

『잇큐쇼코쿠모노가타리(一休諸国物語)』 제3권 제15편

ᴵ [저자 해석] 그이와 언제나 사이좋게 날개를 접고 쉬던 추억의 아소누마. 하지만 모든 것이 끝나버리고 잠자리는 텅 비었다. 그 사람이 없는 깊은 밤, 홀로 잠드는 것이 이렇게도 힘들다니.

비와코琵琶湖 호수의 서해안에 위치한 사카모토坂本 마을은 히에잔比叡山 산자락에 위치한 곳으로 예로부터 교통의 요충지였다.

어느 여름, 사십 세 정도의 조동종 승려가 이곳에 와서 왕래하는 이들에게 선종의 가르침을 설파하였다.

산 위에는 천대종天台宗 엔랴쿠지延暦寺의 눈도 있으므로, 너무 나서서 법담을 설파할 수는 없었고, 마을의 변두리에 작은 암자를 두고 작게 포교를 하고 있었다. 그래도 설법의 능숙함을 인정받았기 때문인지 현지의 평판도 그럭저럭 좋아 많은 신자가 모이게 되었다.

그중에 특히 열성적인 여성 신자가 있었다. 나이는 서른 전후로, 하루에 두세 번 암자를 방문할 정도의 열정은 보통 신자로서는 부자연스러운 면이 있었다. 게다가 설법 장소뿐 아니라 스님의 사생활에까지 파고들었기 때문에 남녀 사이를 의심하는 소문마저 들리게 되었다.

이에 스님도 곤란해져 어떻게 해서든 이 여자를 멀리하려고 했지만, 여자는 이런저런 핑계를 대면서 여전히 암자에 들락거리고 있었다. 너무 심해지자 당황한 스님은 일단 설법을 멈추고 어딘가로 몸을 숨기기로 했다.

며칠 후, 여자가 없는 틈을 보아 스님은 여행 채비를 갖추고 암자를 떠났다. 곧이어 평소처럼 모습을 드러낸 여자는 스님이 도

여인은 전신이 비늘이 돋아나 큰 뱀으로
(『기이조단슈(奇異雜談集)』에서(국립국회도서관 소장))

망친 것을 알고 얼굴색이 변했다.

"스님은 어디로 가셨습니까?"

같이 있던 이들에게 물어보니,

"방금 전에 나가셨습니다."

라고 한다.

혈안이 되어 부근을 찾고 있는데 2쵸^町(약 200미터) 정도 떨어진 가도를 달려가는 승려의 뒷모습이 눈에 들어왔다. 아무래도 남쪽의 오쓰^{大津} 쪽을 향하고 있는 것 같다.

여자는 무서운 형상으로 도망치는 스님을 뒤쫓았다. 너무 서두른 탓에 짚신이 벗겨져 맨발이 된 것도 개의치 않고 정신없이 달렸다. 허리띠는 풀리고 옷섶은 바람에 날려 옷자락이 펄럭인다. 아름답게 올린 머리가 풀어지고, 머리칼이 흐트러져 날린다. 사람들이 보기에도 영락없는 귀녀의 모습으로 그야말로 목숨을 걸고 쫓아갔다.

이윽고 사카모토 마을의 중심가를 빠져나와 비와코 호숫가로 나왔다. 도망치는 스님과 쫓아가는 여자의 심상치 않은 모습에 지나던 사람들은 그저 놀라고 기가 막혀하거나 혹은 구경꾼이 되어 두 사람의 뒤를 따라갔다. 입으로 전하고, 소리치고, 웅성거리는 사람들 한 무리가 호숫가를 달려 나갔다.

스님이 돌아보니 바로 뒤에 여자가 다가오고 있었다. 공포에 질린 나머지 전력으로 여자를 뿌리쳤다. 오쓰역을 지나 아와즈^{粟津}, 마쓰모토^{松本}를 통과할 무렵, 전방에 세타^{瀬田}의 다리가 보였다.

두 사람 사이의 간격은 눈에 띌 정도로 점점 좁혀졌다.

'여기까지인가!'

단념한 스님은 도주를 포기하고 다리 중간에서 호수로 뛰어들었다. 스님을 따라 여자도 호수에 몸을 날린다. 다리를 가득 메운 구경꾼들은 마른침을 삼키며 남녀의 결말을 지켜보고 있었다. 하지만 눈을 부릅뜨고 봐도 검푸르고 탁한 수면 아래의 모습은 엿볼 수가 없었다.

"스님을 구해야 할 텐데."

군중 가운데 수영을 잘하는 대여섯 명의 젊은이들이 나서서 옷을 벗어던지고 호수로 뛰어들었다.

호수 바닥에 잠수하여 주변을 확인했다. 그러자 그곳에서 너무나 기괴한 광경이 펼쳐졌다.

여자는 온몸에 비늘이 돋아 이무기로 변해서 승려의 몸통을 감고 죽일 듯 조이고 있었다. 어두운 물 밑에서 뱀 여인의 긴 머리카락이 흔들리고 있었다. 승려를 구하는 것은 더 이상 불가능했다. 물가로 올라온 젊은이들은 애정에 대한 집착이 강한 여자의 말로에 할 말을 잃고 허망하게 돌아갔다.

『기이조단슈(奇異雜談集)』 제2권 제1편

3. 무덤 속 어미와 자식

교토 히가시야마京都東山의 료젠靈山에 쇼호지正法寺라는 정토종·시종時宗의 절이 있다. 이곳을 개창한 고쿠아쇼닌国阿上人, 1314~1405은 나이가 들어 출가한 사람으로 원래는 무로마치 쇼군 집안을 섬기는 사무라이였다.

출가하기 전의 이름은 하시자키 구니아키라橋崎国明로, 하리마播磨지역 하시자키橋崎의 영주였다. 그가 무사의 신분을 버리고 승적에 들어간 것은 다음과 같은 기이한 인연 때문이다.

때는 아시카가 요시미쓰足利義満가 통치하던 시절, 이세伊勢지역의 니우丹生와 지금의 미에현三重県 마쓰사카松阪에서 일어난 반란을 제압하기 위해 쇼군의 명을 받아 구니아키라는 교토로 향했다.

요시미쓰로부터 역적 토벌의 명을 받은 구니아키라는 임신 중인 아내를 기타야마北山 렌다이노蓮台野, 지금의 교토시 북구(京都市北区)의 본진에 남겨 두고 출진했다.

그런데 남편의 부재를 지키던 중 아내는 생각지도 못한 병으로 쓰러져 다시 돌아갈 수 없는 사람이 되고 말았다.

진영에 슬픈 소식이 전해졌다. 그러나 전투가 한창인지라 성대한 장례를 치를 수도 없어 할 수 없이 렌다이노蓮台野지역에 가매장하게 되었다.

멀리 이세에서 구니아키라는 아내의 죽음을 진심으로 애도했다. 장례사를 불러 식을 하는 것도 여의치 않은 가운데 적어도 한

시라도 빨리 극락에 갈 수 있도록 매일 거지에게 서푼의 돈을 주며 저승에 간 아내의 명복을 빌었다. 당시에는 그런 선행을 하면 죽은 이를 위해 장례를 치르는 것과 같은 공덕이 된다고 여겼기 때문이었다. 그러나 전투가 치열했던 어느 이틀 동안은 그마저도 여의치 않았다.

수개월 후 반란군을 쳐서 멸하고 구니아키라는 교토로 귀환하여, 쇼군께 승리의 보고를 마치고 바로 그 길로 렌다이노에 돌아가 아내의 묘에 향을 피우고 눈물을 흘리며 염불을 외웠다.

바로 그때 무덤 밑에서 희미하게 아기 울음소리가 들려왔다.

잠시 멍하니 있는데 안면이 있는 객주의 주인이 찾아와 승전 축하도 하는 둥 마는 둥 하며 이상한 말을 꺼냈다. 이 남자는 묘지 남쪽에 객주를 경영하고 있었는데, 최근 한 달 동안 매일 밤 이 세상 사람이라고는 생각할 수 없는 모습의 여인이 돈 서 푼을 가지고 떡을 사러 왔다고 한다.

"그래요, 이틀 정도 어찌 된 영문인지 모습을 보이지 않는 날이 있었습니다. 그 뒤에도 매일 밤 사러 와서 뒤따라가 봤는데 북쪽으로 가는 게 보이다가 묘지 입구에서 안개처럼 사라져 버렸어요."

거기까지 듣고서 구니아키라는 일의 경위를 깨달았다.

"내가 전쟁 중에 적선한 것이 서 푼이야. 게다가 중단했던 날짜도 이틀. 그 귀신이야말로 내 아내가 틀림없어. 당장 관을 열어 조사하라!"

죽어서도 자식을 생각하는 어머니의 마음
(『기이조단슈(奇異雜談集)』에서(국립국회도서관 소장))

부하들은 괭이를 가져다 무덤의 흙을 걷어내고 안에 있던 관을 파냈다. 뚜껑을 벗기자, 완전히 썩어버린 시체 옆에서 태어난 지 얼마 안 된 아기가 배를 곯아 흐느껴 울고 있었다. 어머니 귀신이 사 온 떡을 먹고 이제까지 목숨을 이어오고 있었던 것이다. 죽어서도 여전히 자식을 돌보는 어머니의 사랑이 기적을 일으켰다. 차가운 땅속에서 아기를 낳아 남편의 마음이 담긴 돈 서푼에 의지해 그날그날 양식을 얻고 있었다니. 함께 있던 사람들은 모두 자식을 돌본 귀신의 사랑에 눈물을 흘렸다.

　　'이 무슨 안타까운 사연인가!'

　　구니아키라는 생의 무상함을 깨닫고 활을 버리고 가문을 버리고 불문에 들어갈 결심을 했다. 아기를 객주 주인에게 맡기고 쇼군께 그만둔다고 전한 후 곧 동쪽 지방으로 내려가 정토종·시종의 총본산總本山으로 유명한 유교지遊行寺의 문을 두드렸다.

　　그 후 '고쿠아'라고 이름을 바꾸고, 오랫동안 불도 수행에 힘썼다고 한다. 고쿠아 스님의 법덕과 위업들이 지금도 쇼호지의 연기緣起에 수록되어 있다.

『기이조단슈(奇異雜談集)』 제4권 제5편

세상에는 특이한 이름도 있는 법이다.

이것은 '니쿠르베釈迦牟尼仏'라는 이름에 얽힌 한 가족의 이야기이다.

에도의 니혼바시日本橋에 요로즈야 한페이万屋半平라는 부유한 상인이 살고 있었다. 매년 물건을 구입하기 위해 교토를 방문하곤 했는데, 언제부터인지 익숙하게 알고 지내던 객주의 딸에게 마음이 끌리게 되었다.

이 아가씨는 근처에서도 소문난 미인으로 마음씨도 착해서 아버지가 타계한 후 어머니와 단둘이 객주를 운영하고 있었다. 언제나 상냥하게 대해주는 한페이에게 좋은 감정을 가져, 이윽고 서로 정을 주고받는 남녀 사이가 되었다. 어머니도 한페이를 딸에게 어울리는 남자로 인정하고, 젊은 두 사람 사이의 사이좋은 모습을 흐뭇하게 지켜보았다.

어느 날 한페이는 두 사람의 장래를 생각해 이런 말을 꺼냈다.

"교토에 다니러 온 지 몇 년이 되었지? 너와 함께 지내고 싶은 맘은 굴뚝같지만 나에게는 에도의 가게가 있어. 차라리 네가 어머님을 모시고 에도로 이사하는 건 어떨까. 그래, 그렇게 해줘. 나는 일단 먼저 돌아가서 결혼식을 준비해 둘 테니까 너와 너의 어머니는 잠시 교토에서 기다리고 있어. 반드시 데리러 올 테니까."

이 제안에 아가씨는 함박웃음을 지으며 고개를 끄덕였다.

"기뻐요, 에도에서 부부가 되다니. 한페이 님, 꼭 빨리 돌아오세요."

젊은 두 사람에게는 꿈이 있었다. 행복이 손이 닿을 듯한 곳에 와 있었다. 그래서 잠깐의 이별은 고통스럽지 않다고 생각했다.

이렇게 해서 한페이는 에도로 내려갔다. 그런데 오랜 여행의 피로 탓인지 니혼바시에 도착하자 곧 병석에 누워 허망하게 세월을 보내게 되고 말았다.

교토의 여인은 그런 줄도 모르고,

"한페이 님은 어디로 가셨을까?"

하고 불안한 나날을 보내다가 마음에 피로가 쌓여 몸이 상하고 결국 병으로 눕고 만다. 게다가 여인의 병세는 점점 악화되어 약을 쓴 보람도 없이 더 이상 살아날 가망이 없는 상태에 이르렀으니 어머니의 한스러움은 짐작하고도 남는다.

한편, 멀리 떨어진 에도의 한페이 또한 여인의 입장을 생각하면 바로 데리러 갈 수 없는 자신의 무력함에 괴로워하고 있었다.

"그 아가씨는 지금쯤 어떻게 지내고 있을까?"

저녁 무렵 서쪽 하늘을 그리운 마음으로 바라보는 한페이였다.

그러자 집 문간에서 헛것처럼 그 아가씨의 목소리가 들려왔다.

"여기가 요로즈야 한페이 님 댁입니까?"

여우에게 홀린 듯 겁에 질려 내다보니, 거기에 그리운 교토의 아가씨가 서 있었다.

"오, 네가 왜 여기에! 여러 신들과 부처님께서 인도하셨더냐?"

불가사의한 재회였다. 그러나 그런 것은 아무래도 좋았다. 두 사람은 서로 껴안고 한동안 목놓아 울었다. 한페이의 품에 안겨

아가씨는 데리러 오지 않았던 남자의 몰인정함을 나무랐다. 하지만, 그의 신변에 일어난 부득이한 일의 자초지종을 듣고 맘을 가라앉히고 다시 한페이의 사랑을 받아들였다.

얼마 지나지 않아 두 사람의 혼례가 거행되었다. 한페이는 신부를 친척들에게 소개했고 새로운 가족생활이 시작됐다. 물론 주위에서도 잘 어울리는 부부를 축복했다.

다만 행복한 생활 속에서도 한 가지 마음에 걸리는 것이 있었다. 교토에 남겨진 어머니를 에도로 모시는 것이 어떠냐는 제안에 왠지 새신부는 난색을 표하며,

"한두 해 더 자리잡고 나서라도 늦지 않을 거예요."

라고 말하는 것이었다. 이유는 잘 몰랐지만 한페이는 아내의 말을 따랐다.

그로부터 얼마 지나지 않아 부부 사이에 옥동자가 태어났다.

부모와 자식, 세 사람의 즐거운 시간은 눈 깜짝할 사이에 지나갔다. 아들이 세 살이 되던 어느 날 교토의 어머니가 멀리 에도로 내려와 한페이의 집을 찾아갔다. 오랜만의 만남을 기뻐하며 그동안 소원했던 것을 사과하는 한페이에게 노모는 뜻밖의 사실을 전하는 것이었다.

"한페이 님을 보기만 해도 불쌍한 딸 생각에 눈물이 멈추질 않습니다. 사실 그 애는 이제 이 세상에 없으니까요. 한페이 님을 애타게 기다리다가 병에 걸려 죽었습니다. 올해로 꼭 3년이 됩니다. 그 애가 죽은 뒤부터는 의지할 이도 없고 객주를 이어가는 것

도 어려워졌습니다. 부디 이 노인을 불쌍히 여겨 도와주시기를 바랍니다."

훌쩍훌쩍 우는 노모의 이야기에 한페이는 귀를 의심했다.

"무슨 말씀이세요? 당신 딸은 3년 전에 나와 부부가 되어 세 살이 되는 아이까지 있는데. 여기요, 여기 있는 아이가 당신의 손자입니다."

안쪽에서 뛰어나온 남자아이를 보고 노모는 깜짝 놀라 뒤로 자빠졌다. 아무튼 딸의 얼굴을 직접 보고 확인해야만 했다.

그런데 아내는 어머니를 거부하고 창고에 들어간 채 나오려 하지 않았다. 이래서는 결론이 나지 않을 것 같아 억지로 문을 열고 안에 들어가 보니 그곳에 이미 아내의 모습은 없고 '니쿠르베'라고 쓰인 위패만 남아 있었다. 너무나 황당해 한페이는 영문을 모른 채 멍하니 서 있었다.

"한페이 님, 이것은 제 딸의 것이 아닌가요!"

옆에서 노모가 그렇게 말하면서 품에서 죽은 딸의 위패를 꺼냈다. 거기에는 같은 글씨로 '니쿠르베'라는 글씨가 적혀 있었다.

"한페이 님에 대한 마음을 끊어낼 수 없어 죽어도 여전히 혼이 이 세상에 머물러 삼 년 동안 이 집에서 부부 행세를 했을 것입니다. 죽은 자의 몸으로 한 아이를 낳은 제 딸이 가엽기 그지없습니다."

탄식하는 노모를 위로하면서 한페이 또한 이 세상의 무상함에 눈물을 참을 수 없었다.

아내의 장례를 마친 후, 한페이는 노모를 거두고 효도를 다했다. 또 귀신의 소생인 남자아이는 성인이 된 후 남다른 재능을 발휘하여 어느 지방 영주의 신하로 들어갔다.

한페이의 본래의 성은 '오토모^{大友}'였으나, 그 아들은 기구한 태생인지라 위패의 글자를 따서 '니쿠르베 산야^{釈迦牟尼仏三弥}'로 개명하였고, 지금도 후손들에게 이 이름이 전해지고 있다고 한다.

『쇼코쿠모노가타리(諸国百物語)』 제5권 제1편

5. 아이를 부탁해

덴메이^{天明} 2년¹⁷⁸² 여름이 시작될 무렵, 에도지역 아사쿠사^{浅草}의 아타라시바시^{新橋} 부근에 유복한 집안의 첩이 된 여자가 있었다. 첩 생활을 시작한 지 얼마 되지 않아 회임하여 건강한 아들을 낳았는데, 산후 몸 상태가 좋지 않고 젖이 잘 나오지 않았기에 아기는 양자로 보내졌다. 어머니는 요양을 했지만 안타깝게도 좀처럼 몸 상태가 좋아지지 않았다.

그런데 어느 날 저녁 아이를 데려간 양부모의 집 문간에 병석에 누워 있어야 할 친어머니가 불쑥 나타났다. 마침 아이를 재우고 있던 양부모는 현관에서 정성을 다해 절을 하고 있는 친어머니를 발견하고

"잘 오셨습니다. 건강은 어떠신가요? 아드님의 일이라면 걱정하실 것 없어요. 보세요, 이렇게 커서."

라고 상냥하게 말을 걸며 마르고 가는 친어머니의 팔에 아기를 안겨 주었다.

"아가야, 잘 됐구나. 이렇게 잘해 주셔서."

친어머니는 뺨을 비비며 흐느꼈다.

"벌써 이렇게 사랑스럽게 자라서……. 너를 키워주지 못해서 미안해. 헤어진다는 것은 정말 괴롭구나 아가야."

심상치 않은 분위기에 양부모는 고개를 갸웃거렸다.

"이 여자는 산후 몸조리를 제대로 못하고 큰 병을 얻었다고 들었는데 어떻게 여기까지 걸어서 오신걸까?"

이상하다는 생각이 들었지만 이미 주위는 완전히 어두워져 등불 없이는 여자의 모습을 확실히 볼 수가 없었다. 황혼의 저녁놀에 형상도 분명치 않았다.

그러는 사이에 친어머니는 사랑하는 아이와의 헤어짐을 안타까워하며 아기를 양부모에게 돌려주고 깊이 머리를 숙이고 어둠 저편으로 물러갔다.

다음날 아침, 친어머니의 집에서 심부름꾼이 찾아와 어제 해질 무렵 여섯 시경에 여자가 숨을 거두었음을 알려 왔다.

"분명 그 사람은 사랑하는 자기 아이에게 작별 인사를 하려고 귀신으로 나타났을 게야. 모자의 정만큼 안타까운 것도 없지."

이 이야기를 자세히 보고 들었던 아사쿠사의 의사 하라다^{原田} 아무개 씨는 이렇게 말하며 깊은 한숨을 쉬었다.

『미미부쿠로(耳袋)』 제2권

승려라고 해도 사람의 자식. 사랑 때문에 고민하는 일도 있을 것이다. 이 이야기는 교토의 젊은 수행승의 기구한 사랑 이야기의 전말이다.

에도시대 초의 일이다. 어느 정토종의 절에 몸을 담은 수행승이 있었다. 그에게는 불가에 입문하기 전에 깊은 관계를 가진 애인이 있었는데 절에 들어간 뒤에도 여인과의 인연을 끊지 못하고, 남몰래 만남을 거듭하고 있었다.

하지만 두 사람의 사랑에도 종지부가 찍히게 된다. 스승의 명에 따라 젊은 스님은 관동의 학문소[2]에 들어가 정토종의 기초를 배워야 했기 때문이다. 처음에는 여인에 대한 사랑하는 마음을 버리지 못하고 아픈 척하며 출발 날짜를 미뤘다. 그러나 대충 둘러대는 거짓말이 언제까지 통할 리 없다.

결국 스님은 눈물로 연인과의 이별을 택했다. 여인은 이룰 수 없는 사랑에 몸부림치고 괴로워하며 남자 소매를 붙잡고 애원했지만 더 이상 상황을 바꿀 수는 없었다.

떠나는 날 아침이 왔다. 스님은 아직 어두운 가운데 절을 떠났다. 배웅하러 온 여인은 좀처럼 결단을 내리지 못한 채 손과 손을 맞잡고 결국 도심 밖의 아와타구치粟田口까지 따라오고 말았다.

---

2   에도시대의 종교 학교.

중은 떨리는 손으로 아가씨의 목을 기름종이에 싸서……
(『신오토기보코(新御伽婢子)』에서(도쿄대학종합도서관 소장))

주위에서 까마귀 소리가 들리고 새벽하늘이 밝아오고 있었다.

스님이 무겁게 입을 열었다.

"서운하긴 하지만 이래서는 끝이 없어. 게다가 날이 밝으면 남들의 입방아에 오르내릴지도 몰라. 비록 지금은 힘들어도 분명 언젠가 다시 만날 날도 오겠지. 두 사람이 바라보는 밤하늘의 달은 어디서 보고 있어도 하나니까. 그러니 여기서 그만 헤어지구. 그럼 잘 지내."

무슨 말인지는 여인도 잘 알고 있었다. 하지만 그것은 어디까지나 이치에 지나지 않는다. 그녀는 넘치는 정념을 누를 수가 없었다.

"아니요, 싫어요. 당신과 헤어질 바에야 차라리 죽는 것이 나을 것입니다. 저를 데리고 가실 수 없다는 것은 충분히 알고 있어요. 이미 각오는 되어 있습니다. 그러니까 지금 당장 제 목을 베어주세요. 그리고 우리 두 사람의 사랑을 기억하기 위해 언제까지나 곁에 두어 주십시오."

여인은 품 안에서 장도를 꺼내어 스님에게 내밀었다.

"그 정도까지 생각하고 있었을 줄이야."

갑작스러운 말에 스님은 기가 막혔고 아가씨의 심상치 않은 결심에 마음이 흔들렸다. 칼까지 준비해 죽음을 각오한 사람에게 이제 와서 돌아가라는 말도 하지 못하고 방황하는 사이 주위는 점점 밝아진다. 이제 더 이상 시간을 끌 수는 없다. 스님은 장도를 잡아들고 눈처럼 하얀 여인의 목에 얼음 같은 칼날을 가져다 댔다.

"용서하시오!"

마음을 단단히 먹고 가느다란 목을 벤다. 한 줄기 긴 핏물을 뿜으며 머리를 잃은 시체가 그 자리에 쓰러졌다. 스님은 떨리는 손으로 여인의 떨어진 머리를 기름종이에 싸서 짐 바닥에 감추어 넣고 그길로 도카이도東海道 동쪽을 향했다.

시모우사노쿠니下総国, 지금의 이바라키현(茨城県)지역 이누마飯沼의 정토종 구교지弘経寺. 그곳은 관동 18경의 하나로 꼽히는 오래된 사찰이었다. 에도 초기, 각 지방의 수행승들은 막부 공인의 단린檀林3에 묵으며 불교의 가르침을 배우는 생활을 했다. 교토의 젊은 스님도 이러한 관습에 따라 구교지 기숙사에 들어가 방 하나를 배정받게 된 것이다.

그런데 얼마 지나지 않아 기숙사 안에 기괴한 소문이 퍼졌다. 교토에서 온 신입 방에서 여자의 웃음소리가 난다는 것이다. 젊은 스님이 어딘가 다녀왔을 때에는 특히 요염한 목소리가 반갑게 떠드는 것이었다.

옆방의 스님이 의아하게 여겨 벽 틈으로 들여다보았는데 거기에는 스님 한 사람밖에 보이지 않았다. 좁은 승방에는 여자를 숨길 곳이 없었다. 기분 탓인가 하다가 어느새 사태가 종결되었다.

그리고 3년의 세월이 흘렀을 무렵 교토에 남아있던 어머니의

---

3 승려들이 함께 기숙하며 종교를 배우는 학교.

병을 알리는 소식이 구교지에 전해지고 젊은 스님은 짐도 제대로 싸지 못한 채 수행을 중단하고 본가로 돌아갔다.

그로부터 한 달쯤 지났을 때부터 기숙사에 해괴한 일이 벌어지기 시작했다. 아무도 없을 것이 분명한 젊은 스님의 방 근처에서 소리 높여 곡하는 여자의 목소리가 들리는 것이었다. 구교지 경내는 난리가 났고 구석구석을 샅샅이 뒤지게 되었다.

이윽고 자물쇠로 잠긴 젊은 스님의 방이 열렸다. 물론 인적은 없었다. 단지 부자연스럽게 놓인 둥근 나무 상자에 모두의 시선이 쏠렸다. 귀를 기울이니 어렴풋이 여자의 오열이 들려오는 것이 아닌가. 무서워 떨면서 뚜껑을 열고 안을 확인했다. 겹겹이 기름종이에 싸인 꾸러미가 나왔다. 흐느낌의 정체는 이것이었다.

한 장 한 장 껍질을 벗기듯 조심스럽게 꾸러미가 열린다.

"이, 이건!"

놀랍게도 기름종이 속에서 젊은 여자의 잘린 목이 모습을 드러냈다. 예쁘게 화장을 한 피부는 살아 있는 듯 윤기가 났다. 다만 울부짖은 안구는 애처롭게도 새빨갛게 충혈되어 수심을 머금고 있었다.

멍하니 서 있는 스님들을 둘러보다 여자의 머리는 부끄러운 듯 고개를 숙이고 아침 햇살 아래 눈처럼 점점 쪼그라들어 순식간에 다갈색의 말라붙은 머리통으로 변했다.

어떤 사연이 있는지도 잘 모른 채, 구교지 주지 스님은 여자의 잘린 머리를 정성스럽게 장례를 치르고 경내 한구석에 묻어 주었다.

얼마 후 교토의 비각^{飛脚}⁴이 절에 젊은 승려의 부고를 가져왔다.

"아무개 스님은 ○월 ○일 갑자기 죽었습니다. 그쪽 기숙사 방에 남겨놓은 개인 물건은 적당히 처분해 주십시오."

편지의 글에는 대략 그런 것이 쓰여 있다. 생각해 보면 젊은 스님이 죽은 날은 여인의 잘린 머리가 발견된 날과 같은 날이었다.

후에 교토 시절 두 사람의 관계가 알려지게 되었고 구교지의 승려들은 남녀의 깊이를 가늠할 수 없는 애정의 집착에 무서워 떨었다고 전해진다.

『신오토기보코(新御伽婢子)』 제2권 제4편

7. 호수를 건너는 여자

가가^{加賀, 지금의 이시카와현(石川県)}지방 가나자와^{金沢}의 상인이 담소를 나누던 중에 가엾은 사랑의 말로에 대해 전해지는 소문 하나를 이야기하기 시작했다.

"교호^{享保} 15, 16년¹⁷³¹으로 기억하고 있습니다. 그 무렵 장사를 위해 매달 교토를 오가던 저는 오미^{近江, 지금의 시가현(滋賀県)}지역의 비와코 근처에서 실제로 있었던 익사 사건의 풍문을 들었습니다.

---

4   가마쿠라 시대부터 에도시대까지 문서, 금전, 소포 등을 배달하는 심부름꾼이나 인부를 지칭. 메이지시대(1871)에 서양의 우편 제도 도입으로 폐지되었다.

그건 이런 이야기였지요."

비와코 호수의 동쪽 지역에 해당하는 구사쓰草津 마을은 도카이도의 역참 마을로 번창했다. 구사쓰 어느 주막의 여자는 호수의 남쪽 지역인 오쓰大津에 사는 남자와 사랑에 빠져 매일 밤 사람들의 눈을 피해 만나는 사이가 되었다.

처음에는 오쓰의 남자도 자신을 연모해 주는 여자를 사랑스럽다고 여겼지만 만남이 잦아지자 점점 싫증이 났다. 자주 상대하기도 귀찮아졌다. 남자의 이기적인 기분은 어느새 매력을 잃은 정부를 섬뜩하게 느끼기에 이르렀다.

곰곰이 생각해 보면 하루 종일 바쁘게 일했을 것이 틀림없는 여자가 어떻게 이렇게 매일 밤 계속 올 수 있는지 의아했다. 구사쓰의 지인 중에 여자가 있는 주막에 드나드는 사람이 있어서 은근슬쩍 상황을 물어보았다.

"아, 그 아가씨 말인가요? 그분은 너무 성실한 분이시지요. 저녁 10시에 일을 마치고 자기 방에 돌아가서 아침 4시에 일어나 밥을 지으러 나오시죠. 매일매일 그런 상황이니 도저히 밤중에 밖에 나갈 여유는 없을 거예요."

이 이야기에 남자는 더욱더 의심을 품었다. 구사쓰와 오쓰 사이는 편도 6리24km 길이다. 어떻게 하면 한밤중 짧은 시간에 자기에게 올 수 있었을까.

매일 밤이다. 도저히 인간의 행동이라고 생각할 수 없었다.

안절부절못하던 남자는 그날 밤 평소처럼 잠자리를 함께 한 뒤 여자의 얼굴을 똑바로 보며 다그쳤다.

"밤마다 정을 통하는 사이 아닌가. 숨기는 것이 무슨 의미가 있겠는가. 솔직히 말해 줄 수 없겠는가. 어떻게 하면 여자의 몸으로 6리 길을 이렇게 빠르게 올 수 있는 거지?"

처음에는 부끄러워 입을 다물고 있었지만, 너무 강하게 다그치자 마침내 여자는 숨길 수 없게 되었다.

"미안해요. 하지만 결코 이상한 짓은 하지 않았어요. 비와코 호수를 건너는 '야바세矢橋의 나룻배'는 아시지요? 그 배처럼 구사쓰 선착장에서 오쓰까지 호수의 물살에 몸을 맡기고 단숨에 헤엄치면 바로 당신의 집에 도착하는 거예요. 비록 달이 없는 캄캄한 밤이라도 손거울을 이마에 묶고 건너면 괜찮아요. 건너편에 관음당의 밤을 비추는 등에 불빛이 날카롭게 반사되어 앞의 호수면을 밝혀주지요. 그야말로 환해서 안심이 되지요. 눈 깜짝할 사이에 오쓰의 항구가 보입니다. 이제 당신의 집 바로 뒤편 물가를 기어오르기만 하면 되는 것이지요. 놀라셨어요?"

의기양양하게 어두운 밤의 호수를 건너는 비밀을 털어놓고 여자는 재빨리 몸단장을 마치고 빙긋 웃으며 나갔다.

마침 그날은 그믐밤이었다. 오늘 밤도 호수에 몸을 담그고 이마의 손거울에 의지해 헤엄쳐 돌아갈 것이다. 그 모습을 상상하면 왠지 섬뜩해진다. 섬뜩함에 예전의 연정이 거짓말처럼 느껴져 견딜 수가 없었다.

'어둠 속을 물밀듯이 헤엄쳐 오다니 이 여자는 마물魔物이 아닌

가. 이대로 가만있다가는 평생 이 여자가 따라다니게 될지도 모른다. 오, 무섭구나. 무서워.'

남자의 마음에 시커먼 살의가 싹튼 것은 이때였다.

다음날 남자는 호숫가의 관음당에 가서 안면이 있는 스님을 이런저런 말로 구워삶아 호수 옆에 놓인 등에 장치를 달았다. 판자로 빛이 새지 않도록 뚜껑을 덮어 여자의 이정표를 빼앗은 것이다.

밤이 왔다. 그러나 그날 구사쓰의 여자는 아침까지 기다려도 오지 않았다.

며칠이 지났다. 그 후에도 여자가 올 기색은 없었고, 남자 쪽도 많은 급한 일들을 처리하느라 여자 일은 방치해 둔 채 지냈다. 하지만 그래도 양심에 찔렸는지 남자는 구사쓰의 지인에게 여자의 소식을 물어보았다.

"사실 그믐밤 이후로 그 아가씨의 행방을 알 수가 없네. 주막 주인을 비롯해 다들 걱정이라네. 도대체 어디서 어떻게 지내고 있는 것인지."

이 말을 듣고는 남자도 더는 입을 다물 수 없어 자초지종을 고백했다. 여자를 고용했던 주막 주인은 물론 구사쓰 주막을 이용하던 사람들은 불쌍한 사랑의 결말에 안타까운 마음을 감추지 못하였으며, 행방불명된 여자를 염려하여 수영을 잘하는 자들에게 명하여 호수 구석구석을 찾게 했다.

사흘째 되는 날 아침, 호수 남단에 놓인 세타 다리의 기반에 걸려 있던 여자의 시체가 발견됐다.

"분명 등불이 보이지 않는 캄캄한 호수를 건너지 못해 물에 빠져 죽었을 게야."

모두 그렇게 소곤거렸다.

한편, 남자는 자신의 죄의 무거움을 견디기 힘들었는지 머리를 밀고 승려가 되어 시코쿠四国 순례의 길을 떠났다고 한다.

이 이야기는 이게 끝이 아니었다. 이야기를 전하던 가나자와 상인이 계속해서 말을 이었다.

"그 후 소문에 의하면 끌어올린 여자의 시체는 이상하게도 겨드랑이 근처에 뱀의 비늘 같은 것이 세 장 정도 자라있었다고 합니다. 검시관에게서 직접 들었다는데 왜 그렇게 됐는지는 잘 모르겠다고 합니다."

호수를 헤엄쳐 건너는 사랑의 집념은 원래 이 여자의 육신에 깃든 뱀의 성질 때문이었을까, 아니면 사랑으로 쌓이는 그릇된 집착과 배신당한 원한이 여자를 뱀으로 만들어 버린 것인가.

많은 수수께끼에 둘러싸인 채, 오늘도 비와코 호수의 수면은 고요하기만 하다.

『산슈키단(三州奇談)』 제2권 「인뇨도수(淫女渡水)」

제4장

인간이 '이계異界'와 만날 때

　현대의 구술 채록 형식의 괴담집이라고 할 수 있는 『신미미부쿠로新耳袋』에는 오사카 센니치마에千日前에서 있었던 엘리베이터에 관한 공포 체험이 실려 있다. 늦은 밤, 어떤 사람이 술집에서 일하는 분위기의 여자들과 함께 엘리베이터에 탔다. '왜 이렇게 사람이 많지?'라고 고개를 갸웃거리며 중간 층에서 내리고 문득 깨닫는다. 몇 년 전 화재로 최고층의 카바레가 불타는 바람에 많은 여자들이 타 죽었던 일을⋯⋯.제5야(夜) 25화 바로 그 횡사橫死의 장소에서 일어나는 괴이怪異를 다룬 이야기였다.

　괴이와 만나는 장소를 결합한 괴담의 유래는 거슬러 올라가면 『곤자쿠모노가타리슈今昔物語集』부터 존재한다. 예를 들면 영귀담靈鬼談을 모은 27개 이야기 중 첫번째에 등장하는 교토 라쿠추洛中의 「귀신님鬼殿」의 유래는 땅에 스며든 죽은 자의 영혼이 귀신으로 나타나 재앙을 일으키는 이야기이다.

　이러한 괴이담의 전통이 에도 괴담에서는 어떻게 다양하게 전해지고 있었을까. 이 장에서는 괴이와 사람이 만나는 장소에

초점을 맞추어 옛 전장, 산중, 호수 위의 섬 등 지리적 경계와 조상의 영혼에게 제사를 지내는 추석 명절을 배경으로 한 에도 괴담의 여러 작품에 주목하고자 한다.

1. 헤이케平家 원령과 비파 법사

항상 우리 집에 드나드는 장님 비파 법사[1]로 『헤이케 이야기平家物語』를 아주 잘 하는 자토座頭[2]가 있었다. 어느 날 이 남자가 기묘한 말을 꺼냈다.

"제게 헤이케 비파 이야기를 전수해 주신 스승님은 반슈播州 아마가사키尼ケ崎, 현재 효고현(兵庫県) 지역의 호시야마 고토星山勾当라는 분입니다. 헤이케 비파의 비곡으로 유명한 제9권을 배울 때 스승님께서 명심하라며 이런 말씀을 하셨습니다.

'잘 들어라, 이 권의 명장면 중에 고자이쇼노 쓰보네小宰相の局가 강에 몸을 던지는 장면이 있네. 이걸 읊을 때는 충분히 조심해야 해. 부주의하게 읊다가 귀를 잃은 비파 법사도 있으니.'

---

[1] 비파를 연주하면서 이야기를 전하는 스님. 에도시대에 주로 맹인이 종사하던 직업 중 하나.

[2] 에도시대 맹인의 계급 중 하나, 맹인들은 침, 안마, 비파법사 등의 직업에 독점적으로 종사하는 것을 용인하여 장애인들의 경제적 자립을 돕는 제도가 있었다. 비파법사는 겐교(検校), 벳토(別当), 고토(勾当), 자토(座頭) 등으로 불렸다.

스승님의 말씀에 더욱 궁금해진 저는 더 자세한 경위를 여쭈어보았습니다. 그러자 갑자기 자세를 고쳐 앉으시더니 스승님께서 세상 너무나도 무서운 이야기를 들려주신 것입니다."

자토는 호시야마 고토의 이야기를 마치 자신의 체험처럼 손짓 발짓을 써가며 열변을 토했다.

그의 이름은 단이치団都라고 한다. 나의 친한 친구였다. 보잘것없는 비파법사의 몸으로 별다르게 모은 돈도 없이 그날 그날의 양식을 얻기 위해 여기저기 떠도는 처지였다.

어느 해, 단이치는 규슈九州 쓰쿠시筑紫의 지인을 찾아 서쪽 지역을 향해 해변가 마을들을 비파를 연주하며 이야기를 들려주는 여행을 계속하고 있었다. 이윽고 단이치는 나가토長門, 현재 야마구치현(山口県)지역의 아카마가세키赤間ヶ関에 다다르자 잠시 그곳에서 머물기로 했다.

단이치가 머문 곳은 아카마가세키의 바다가 보이는 오래된 정토종浄土宗 사원이었다. 절 뒤편에는 주에이寿永시대1182~1184 겐페이 전투源平合戦 끝에 이곳에서 가까운 단노우라壇ノ浦에서 멸망한 헤이케 가문의 석탑이 잡초로 뒤덮이고 말라붙어 처량한 모습을 드러내고 있었다. 지금은 제사 지내 줄 이도 없이 무덤은 역사의 유물이 되어 이끼에 묻힌 채 포구의 솔바람만 지나간 날들을 그리워하는 쓸쓸한 모습이었다.

이 절 객사에 머문지 며칠이 지난 어느 밤, 단이치는 수행의 쓸

쓸쓸함을 절절하게 느끼며 망향지심에 사로잡혀 좀처럼 잠을 이루지 못하고 있었다. 그때 한밤중 아무 소리 없이 적막한 객사에 문 두드리는 소리가 울려 퍼진다. 날이 밝으려면 아직 멀었다. 달 없는 어두운 밤 도대체 누가 찾아왔단 말인가. 이상하게 여기며 '뉘시오?'라고 말을 건넸다. 잠시 후 어둠 저편에서 품위 있는 여자 목소리가 대답했다.

"저는 고귀한 어르신을 모시는 자입니다. 오늘 밤 제 주인마님께서 긴 밤의 지루한 시간을 하릴없이 보내고 계십니다. 소문에 단이치 님은 헤이케 이야기의 명인이라고 들었습니다. "꼭 모셔서 헤이케 비파의 한 구절이라도 청하고 싶구나"라고 하시며 저를 보내셨습니다. 부디 동행해 주시기를…… 바로 안내해 드리겠으니…… 스슥, 이쪽으로."

여기에는 무슨 사정이 있는 것 같다. 그러나 자토는 그다지 깊이 생각하지 않고 두 마디로

"네, 갑시다."

라고 짧게 대답하고 비파를 등에 메고 문밖으로 나갔다.

"자, 이쪽이옵니다."

여자의 목소리는 이렇게 말하며 단이치의 손을 잡고 주군이 있는 곳으로 그를 안내했다. 꽤 멀리 걸어간 것 같았다. 그곳은 훌륭한 모습을 한 대저택인 모양이다. 우람한 누각의 문을 지나 수백 개의 돌계단을 올라 옥으로 장식한 난간에 손을 얹은 채 안으로 안으로 안내되었다.

얼마나 걸었을까. 단이치는 천장이 높은 듯한 넓은 방에 들어갔다. 비단 옷깃이 바람에 나부끼며 단이치의 손에 닿았다. 아무래도 이곳은 주인마님의 방인 것 같다. 발 너머로 말로 형용할 수 없는 훈훈한 향기가 풍긴다. 주위에는 늘어선 시녀들의 기척이 느껴진다.

그때 고운 안방마님의 목소리가 들렸다.

"자토님, 잘 오셨소. 고맙소. 그럼 헤이케 비파 한 구절을 부탁하네. 꼭 들려주시게."

단이치는 그 자리에 엎드려

"외람된 말씀이오나 『헤이케 이야기』는 긴 작품입니다. 오늘 저녁은 어느 장면을 원하시옵니까?"
하고 물었다.

"그럼 고자이쇼노 쓰보네의 죽음 부분을 읊어 주시겠소? 이야기 중 유달리 가엾고 재미있으며 심금을 울리는 부분은 뭐니 뭐니 해도 「고자이쇼」임에 틀림없지."

그 자리에 있던 모든 시녀들이 술렁인다.

"하하, 알겠습니다."

단이치는 비파를 안고 술대를 들어 제9권의 「고자이쇼」 부분을 장엄하게 중후한 어조로 읊기 시작했다.

이윽고 이야기가 절정에 접어들며 울리는 현 소리와 높았다가 낮았다가 자유자재로 표현하는 능숙한 맑은 목소리가 누각에 울려 퍼졌다. 늘어서 있는 귀인들은 모두 숨을 죽이고 넋을 잃고 듣고 있었다.

제9권의 이야기를 다 읊고 나니, 단이치의 솜씨에 칭찬의 말이 오가고 비파의 선율과 미성에 모두가 혀를 내두르는 중이었다.

"어쨌든 멋진 이야기야. 자, 잠시 휴식을 취하게."

안주인의 하명으로 단이치에게 다과를 대접하는 사이, 그곳에 모인 마마님들의 화제는 고자이쇼노 쓰보네의 투신자살과 남편 미치모리通盛의 심경에까지 이르렀다.

"아무래도 이치노타니一ノ谷에서 갈라져 야시마屋島 섬으로 달아난 헤이케의 일가는 무척 낙담했을 테지요. 특히 에치젠越前의 삼위三位 다이라노 미치모리平通盛 님의 아내인 고자이쇼 마님의 경우는 가장 사랑하는 남편이 죽임을 당하고 너무나도 분했을 것이 틀림없어요. 상황을 받아들이지 못한 채 결국 투신하고 만 것도 당연한 일이겠지요. 가엾게도."

"아니, 불쌍한 것은 고자이쇼 님만이 아니지요. 다이라노 미치모리 님은 나이 16세 되던 해부터 아가씨를 만난 이후 줄곧 마음에 두고 계셨잖아요. 고자이쇼 님을 진영에 남겨두고 출진하는 것은 그야말로 정말 괴로웠을 거예요. 미나토가와湊川 전투에 나가게 되었을 때 창자가 끊어지는 듯한 고통으로 사랑하는 아내에게 작별을 고할 수밖에 없었던 젊은 무사의 심중은 짐작하고도 남지요."

늘어뜨린 발 저편에서 가냘픈 목소리가 들렸다.

"두 사람의 탄식을 생각하면 지금도 눈시울이 뜨거워지네."

눈물 머금은 안주인의 말에 시녀들도 덩달아 눈물을 흘리고 있다. 비탄에 잠긴 그 자리의 분위기는 도저히 남의 일 같지 않고 이상했다.

안주인은 그렇게 잠시 쉬었다가 다시 단이치에게 말을 걸었다.

"한 소절 더 부탁하고 싶네."

라는 분부에 자토도 승낙했다.

"그럼 다음은 무엇을 읊어 드릴까요?"

하고 묻는 자토에게 안주인은 뜻밖의 부분을 원했다.

"나는 이 고자이쇼의 장면이 너무 마음에 드네. 한 번 더 같은 곳을 들려주시게."

아무리 감동했다 하더라도 고자이쇼 장면을 되풀이하는 것은 다소 부자연스럽다. 그러나 단이치에게 선택의 여지는 없었다.

주인마님의 뜻대로 비파를 다시 집어 들고 조금 전과 마찬가지로 읊기 시작했다. 날카롭게 또 차분하게 낮게 음미하는 애상의 헤이케 비파.

이야기가 최고조에 달한 바로 그때, 문득 어디선가 주지 스님의 목소리가 들려와 영탄하는 절정 부분에서 연주를 멈췄다.

"누구냐, 그런 곳에서 헤이케를 읊는 게!"

단이치는 비파 켜기를 멈추고 당황했다. 어째서 주지스님이 이 방에 있는 것일까. 손으로 더듬어 주위를 살펴보니 곳곳에 이끼 낀 석탑과 썩은 경문이 적힌 판자들이 가득 차 있는 것이 아닌가.

"도대체 저는 어디에 있는 것이지요?"

동요하는 단이치에게 스님이 대답했다.

"여기는 절 가장 안쪽에 있는 헤이케 가문의 무덤가잖아. 그리고 네가 앉아 있던 곳은 '고자이쇼노 쓰보네'라는 불쌍한 분의 석탑 앞이라네."

주위는 이미 밝아지고 있었고 단이치의 귀에 새벽을 알리는 새소리가 들렸다. 스님은 부드러운 어조로 말을 걸었다.

"필시 놀랐을게야. 오늘 아침 일찍 자네를 깨우려 했더니 모습이 안 보이더군. 애용하던 비파도 없었네. 빈 잠자리에 베개만 나뒹굴고 있는 것을 보고, 분명 뭔가 심상치 않는 일이 있어 갑자기 밖으로 나간 건 아닌지 걱정을 했네. 장님 신세라 사고라도 나면 큰일이라고 다른 스님들과 함께 이곳저곳을 찾아다녔네. 그러다 보니 묘지에서 희미하게 비파 소리가 들리는게 아닌가. 도대체 무슨 연유로 이 영묘에 발을 들여놓은 것인가?"

겨우 정신을 차린 단이치는 간밤의 자초지종 스님에게 설명했다.

"역시 그랬군."

스님의 표정이 흐려졌다.

"단이치야, 네 몸에 흉사가 닥치고 있어. 오늘 밤 결코 밖에 나가서는 안돼. 만약 나가면 네 목숨은 없을 것이야! 헤이케 이야기를 청한 귀인은 무덤에 묻혀 있는 고자이쇼노 쓰보네 귀신임에 틀림없어. 이승을 떠도는 저 자들의 집념은 특히 강하다네. 이대로라면 계속해서 너의 비파를 듣고 싶어 할 게야. 이 세상에 대한 미련이 그렇게 만드는 건 아닌지……. 이렇게 되면 이제는 금기를 행할 수밖에 없을 거야. 그렇지만 괜찮아. 나에게 맡기려무나. 마의 장막으로부터 너를 구할 방법이 하나 있으니.”

이렇게 말하고 자토를 목욕재계 시켜 몸을 깨끗이 하게 하고 전신에 악마를 쫓는 주문과 반야심경의 문장을 썼다. 그러나 깜박하고 왼쪽 귀에만 경문을 쓰는 것을 잊어버렸다는 것을 주지스님은 모르고 있었다.

부적과 경문을 몸에 두른 단이치를 향해 주지스님은 다짐하듯 일렀다.

“분명 오늘 밤도 마물이 찾아올 것이야. 하지만 아무리 무섭더라도 결코 소리를 내거나 움직여서는 안되네. 설사 이름을 불러도 대답을 하지 말고 가만히 아침까지 참는 거야. 알겠는가.”

이윽고 석양이 산 너머로 지고 어젯밤과 마찬가지로 긴 밤이 찾아왔다.

새벽 두 시경, 문 앞에서 어젯밤 데리러 왔던 그 여자가 불렀다.

“단이치 님 계십니까?”

자토는 대답하지 않았다. 깊이를 알 수 없는 공포와 싸우며 숨을 죽이고 있었다.

“이상하네, 어디 갔지?”

여기저기 찾아다니는 것 같다. 방에 들어온 기척이 든다.

“자토님, 단이치는 거기 없느냐!”

귀신의 차가운 손이 단이치에게 닿았다. 하지만 경문의 공력

그럼 고자이쇼노 쓰보네의 죽음 부분을……
(『도노이구사(宿直草)』에서(오즈시립도서관 소장))

때문인지 그것이 자토의 몸이란 것을 깨닫지 못하는 모양이다. 점점 난폭해지고 여기저기 닥치는 대로 뒤지는 소리가 들린다. 몸에 털이 곤두선다는 것은 이런 것이다.

이윽고 뒤에서 발자국 소리가 다가와 단이치의 등 뒤에서 멈춰 선다.

"이런! 이런 데 자토의 귀가 있네."

경문을 쓰는 것을 잊은 귀를 발견한 것이다. 다음 순간 엄청난 힘이 왼쪽 귀에 가해졌다. 기절할 정도로 격한 고통에도 단이치는 견딜 수밖에 없었다.

"찌지직 찌익."

다음날 아침 피투성이의 단이치를 앞에 두고 주지스님은 진심으로 자신의 부주의함을 후회했다.

"미안하네, 단이치. 돌이킬 수 없는 실수를 하고 말았어. 용서하시게. 하지만 잘 참아줬어. 이제 재앙은 떠났네. 망령들은 귀 하나에 만족하고 오랜 집착에서 해방될테니까. 다시는 이승에 나와 떠돌지 않을 것이다."

이 괴기한 사건 이래로 자토는 '귀 잘린 단이치'라는 별명으로 불리며 헤이케 비파의 명인으로서 세상에 알려졌다고 한다.

『도노이구사(宿直草)』 제2권 제11편

오사카의 히라노平野에 다이넨부쓰지大念仏寺라는 절이 있다. 장사차 이곳을 찾았을 때 나는 우연히 들른 이 다이넨부쓰지의 법회에서 사찰의 보물에 얽힌 신기한 이야기를 들었다.

그날 나는 많은 참배객들로 북적이는 본당 한쪽 구석에 앉아 법회가 시작될 때까지 심심풀이로 주위 사람들의 대화를 별생각 없이 듣고 있었다.

"자네들은 이 절에 전해지는 영보靈宝 '진沈의 향합香箱'의 유래를 알고 있는가? 어느 장인의 솜씨인지 모르지만 그야말로 훌륭한 세공이라네. 법회 뒤에 봐두는 것이 좋을 거야."

허리가 굽은 노인이 다른 지역 사람으로 보이는 남자에게 말을 건넸다.

"그 향합은 천축[3]에서 전래된 명품이라던데? 설마 하늘에서 내려왔다거나?"

남자의 물음에 노인은 웃었다.

"아니, 아니 그렇지 않소. 더 슬프고 영묘한 내력이 있지 않겠소. 염불 시간까지는 아직 여유가 있으니 후학을 위해 말씀드리지요."

향 연기 감도는 어두컴컴한 본당 안에서 노인은 긴 이야기를

---

[3]   인도지역.

시작했다.

몇 년 전의 이야기이다. 이즈미和泉, 현재 오사카의 사카이(堺)지역에 마쓰야松屋 아무개라고 하는 부자가 살고 있었다. 이 집 외동딸은 꽤 미인으로 많은 남자들이 마치 오월의 비 오는 어두운 밤을 방황하듯 이루어질 수 없는 연모의 정을 편지에 담아 아가씨에게 보내곤 했다.

접근하는 사내들 중에 유난히 눈에 띄는 잘생긴 청년이 있었다. 아가씨도 남자의 늠름함에 마음이 끌려 이윽고 밤을 함께 보내는 깊은 사이가 되어 갔다. 베개를 나란히 놓고 듣는 한밤중의 종소리에 사랑의 기쁨을 절절히 느끼고 동침한 다음날 아침 이별에 눈물을 글썽인다. 남의 눈을 피한 둘만의 만남이 한동안 계속되었다. 물론 마쓰야 가문의 부모는 그런 줄도 모른 채 혼기를 맞은 외동딸을 위해 매파를 세워 내로라하는 명문가와의 혼담을 진행했다.

어느 날 갑자기 혼례 날짜를 통보받은 아가씨는 몹시 놀라 눈물로 연인에게 사정을 알렸다. 젊은 두 사람에게는 더 이상 어쩔 도리가 없었다. 헤어져야 할 운명을 한탄하는 아가씨에게 남자는 타이르듯 말을 걸었다.

"언제까지나 함께 하자고 다짐한 우리의 사랑을 버리는 것은 괴로운 일이야. 하지만 만약 네가 혼담을 거절하거나 하면 부모의 허락을 받지 못한 우리 두 사람 사이가 세상에 알려질지도 몰라. 그렇게 되면 분명 흥미 위주의 소문이 돌아 너에게 상처를 줄

거야. 나는 보잘것없는 남자니까 무슨 일을 당해도 돼. 하지만 너에게는 장래가 있잖아. 나와의 밀회 때문에 뒤에서 손가락질을 당하는 것은 너무나 가슴 아픈 일이야. 그러니까…… 지금은 견뎌주었으면 좋겠어. 어머님 아버님 말씀을 따라줘. 누군가의 아내가 된다고 해도 너를 향한 내 마음은 변하지 않을 거야. 잘 지내…… 용서해 줘."

둘 다 눈물이 멈추지 않았다. 남자의 말을 가로막고 여인이 말했다.

"아, 너무해. 약속했잖아요, 언제든 함께 해야지요. 비록 부모님을 배신하게 되더라도 당신을 따라 갈거야! 아, 이 얼마나 괴로운 세상인가? 이 세상에서 함께할 수 없다면 그냥 죽고 싶어요. 극락의 연꽃 위에서 영원히 당신과 사는 쪽이 훨씬 행복할거야."

단도를 스스로 목에 대고 자해하려는 여인의 깊은 사랑에 남자도 각오를 하지 않을 수 없었다.

"그렇구나. 네 마음을 시험해서 미안해. 그 말을 기다리고 있었어. 지금 당장 손을 잡고 저승으로 가자."

두 사람은 조용히 염불을 외우고 그 자리에서 함께 생을 끝냈다.

양가 부모는 자기 아이의 죽음을 한탄했지만 사후 약방문이었다.

그런데 동반자살 사건 후 얼마 지나지 않아 교토를 향하는 오슈의 서쪽 지방 순례자 일행이 하코네箱根 고갯길에 접어들었다. 이곳은 도카이도길 중에도 지나기 어려운 길인 동시에 예로부터 이계로 가는 지옥길이라 불리던 깊고 험한 산길이었다.

그날은 이미 땅거미가 지는 시각이었다. 불안한 마음으로 발걸음을 재촉하는 순례자의 눈앞에 어디선가 나이 17~18세로 보이는 아름다운 처녀가 저녁 안개와 함께 모습을 드러냈다. 가래나무 지팡이를 손에 들고 다가오는 흰옷을 입은 여자에게서 순례자는 심상치 않은 기운을 느끼고는 정신을 바짝 차렸다. '황혼의 산길을 아름다운 여인이 홀로 여행하다니 참으로 이상한 일이다. 아니면 도깨비일까.' 너무 의아해서 주위를 살피는 순례자에게 여자 쪽에서 말을 걸어왔다.

"갑작스럽지만 부탁드리고 싶은 것이 있습니다. 여러분은 서쪽 지역으로 가는 순례자들이시지요. 서쪽 지역을 도시는 김에 센슈 사카이泉州堺의 마쓰야松屋집안에 들러 '부디 죽은 딸의 명복을 성심껏 빌어 주시길 바란다'고 전해 주시겠습니까?"

그렇게 말하며 훌쩍훌쩍 우는 여인에게 순례자는 의심쩍은 듯이

"당신은 도대체 뉘시오?"

하고 물었다. 평범하게 보이는 여자가 대답한다.

"부끄럽기 짝이 없습니다만 사실 저는 그 집 딸입니다. 젊은 날의 잘못 때문에 자결했지만 자세한 사정까지는 말씀드릴 수 없습니다. 부디 헤아려 주십시오."

이곳은 죽은 이의 영이 향하는 곳이라고 하는 하코네의 산중이다. 아마 이 처녀는 동반자살한 사람 중 한 명일 것이다. 그렇게 생각하니 왠지 무서움보다 연민의 마음이 더 든다. 순례자는

경계심을 풀고 여자 귀신의 부탁을 들어주기로 했다.

"잘 알겠습니다. 정말 안됐군요. 하지만 뭔가 증거가 없다고 부모님이 믿어주지 않으시는 건 아닐까요? 몸에 지니던 물건 같은 것을 가져가는 것이 좋을 것 같습니다."

여인은 고개를 끄덕이며, 몸에 지니고 있던 손수건을 꺼내,

"수중에 있는 것은 이것뿐입니다. 항상 사용하던 손수건이기 때문에 분명 부모님도 납득하실 것입니다. 아무쪼록 잘 부탁드립니다."

하고 합장을 한 후 아득한 바위 틈의 안갯속으로 사라졌다. 순례자는 사라지는 여인의 뒷모습을 지켜보고는 빠른 걸음으로 고개를 넘어 가미카타上方[4]를 향했다.

사카이에 도착하자마자 알려준 주소로 찾아가 마쓰야 가문의 주인 어른에게 하코네 산 중에서 있었던 일을 전했다. 손수건을 한눈에 알아 본 부모는,

"이게 어찌 된 일인가."

하고 경악하며 아직도 성불하지 못하고 하코네 지옥을 헤매는 자신의 딸에 대한 안타까움에 울음을 터뜨렸다. 다음날 아침 순례자는 사례를 다 거절하고 다시 영지 순례를 떠났다.

한편 마쓰야 집안에서는 딸의 명복을 빌기 위해 영험한 다이넨부쓰지의 고승에게 부탁하여 염불 공양의 법회를 행하였다.

---

4   교토 · 오사카 방면.

많은 승려들이 본당에 모여 망자의 성불을 기원하며 7일간 염불회를 거행했다.

보름날 마쓰야의 딸이 생전 모습 그대로 홀연히 본당에 나타나 부모와 사찰 승려들에게 이렇게 고하였다.

"저는 사랑의 어둠 속을 헤매고 연인에 대한 집착에 사로잡혀 지옥길로 떨어지고 말았습니다. 하지만 이제 괜찮아요. 고마우신 염불 공양 덕에 망념에서 벗어날 수 있었어요. 지금은 부처님의 자비에 깊이 감사할 따름입니다."

여인은 조용히 합장한 후 본존불 앞에 엎드려 절하고 아름답게 세공된 향합을 불상에게 바치고는 이내 사라져 아무리 찾아도 보이지 않게 되었다.

"그 자리에 있던 많은 사람들은 모두 영혼이 성불하는 광경을 눈앞에서 보고 본존과 염불의 공덕에 경탄했다고 하네."

진의 향합의 유래를 전한 노인은 '나무아미타불, 나무아미타불'이라고 염불을 외웠다. 그와 동시에 염불 공양이 시작되었다.

『신어가비자(新御伽婢子)』 제5권 제3편

덴분天文 연간1532~1555, 교토의 젊은 사무라이 두 사람이 함께 출가해 슌닌春忍, 슌지春知로 이름을 바꾸고 여러 지역으로 수도 여행을 떠났다.

동쪽 지역에서 오슈 쪽으로 영지靈地라는 산천을 두루 돌며 서쪽 지방 순례를 하겠다는 뜻을 세운 두 스님은 도카이도 서쪽을 향했다.

스루가駿河지역에 다다르자 슌닌과 슌지의 눈앞에 영봉 후지富士의 정상이 나타났다. 산꼭대기에 정토의 세계가 있다고 일컬어지는 후지산 등선을 등반하는 수행을 하던 두 사람은 산기슭의 대숲을 가르며 나아가다 깊은 산중에 발을 들이게 되었다.

한참을 가다가 길을 잃었는지 산자락 벌판을 오가다가 마침내 산등성이에서 길을 잃고 말았다. 주위는 이미 땅거미가 내려앉고 있었다. 두 스님은 어찌할 바를 몰라 우왕좌왕하며 숙소를 찾아다니던 중에 삼목 나무 울타리의 훌륭한 저택 문 앞에 서게 되었다.

사립문 틈으로 등불의 희미한 그림자가 새어 나온다. 적적한 분위기의 저택 안쪽에서는 인기척이 없다. 이런 산속에 누가 살고 있을까 의아해하면서도 어쨌든 하룻밤 묵을 곳을 마련하기 위해 입구의 사립문을 밀어 열고 조심스럽게 불러 보았다.

대답이 없어 그냥 안으로 들어가 보니 안뜰 저편에 정자처럼 지어진 운치 넘치는 서원이 보인다. 장지문을 열어젖힌 방 안에서 스무 살 남짓의 여인이 등을 밝히고 책을 펼쳐 들고 탐독하고 있다. 그 용모의 아름다움은 이루 말할 수 없을 정도이다. 설마 선녀가 아닐까. 도저히 보통 사람으로는 보이지 않는다. 슌지가 동료의 귓가에 속삭였다.

"이 여자는 귀신이거나 목귀木鬼가 둔갑한 게 틀림없어. 우리들의 불심을 방해해 색기에 빠뜨리고 정욕을 일으켜 그 틈을 타 잡아먹는 게야. 이것은 함정이야. 당장 이 마계에서 벗어나지 못하면 큰일 날 거야."

그러나 슌지는 고개를 저었다.

"아니, 그건 좋은 생각이 아니야. 비록 도망쳐도 상대는 둔갑이 가능한 놈이잖아. 도저히 살아날 가망이 없겠지. 게다가 닥친 위기를 극복하는 것 또한 우리에게는 수행의 재료가 아닌가. 일단 지금은 저 여인의 정체를 확인하는 게 중요할 것 같아."

마음을 정한 두 스님은 서원 쪽으로 걸어가며 벌벌 떨면서 여인에게 말을 걸어 보았다.

"소생들은 여러 지역을 떠도는 수행자입니다. 후지산 산등성이에서 길을 잃고 어려움을 겪고 있습니다. 부디 오늘 밤 이곳에 묵게 해 주시겠습니까?"

여인은 놀라는 기색도 없이 침착한 어조로 대답했다.

"그것은 곤란한 일입니다. 수행에 지친 스님을 돌보는 것은 불교의 가르침을 따르는 선행이라고 생각합니다. 하지만 공교롭게

도 오늘 밤은 먼 길을 떠나신 주인어른께서 밤늦게 귀가하시는
지라 주인어른의 부재중에 독단적으로 손님을 묵게 하는 것은
주인어른의 기분을 상하게 할 것입니다. 정말 죄송스럽지만 다
른 곳을 찾아봐 주시겠습니까?"

기품 있는 태도에 승려들은 마음을 빼앗겼고 더욱더 여인의
사연이 궁금해졌다.

"만약 누가 되지 않는다면 주인어른이 돌아오실 때까지 여기
서 기다리게 해주시오."

그들의 청에 여인도 뜻을 굽히고,

"그렇게까지 말씀하신다면 이쪽으로 오시지요."

하고 옆방으로 두 사람을 데려가 말했다.

"여기서 쉬고 계세요."

하고 미소를 지었다.

장지문을 닫고 물러가 여인은 다시 서원에 앉아 조용히 책을
보고 있었다. 흔들리는 등불에 여인의 그림자가 검게 흔들렸다.

"그렇다 하더라도 너무 아름답다. 역시 둔갑하는 요물인가⋯⋯
아니면 이 집 주인이란 어떤 분일까. 방심은 금물이야. 잡아먹히
는데도 가만히 있을 순 없지."

슌닌과 슌지는 입으로 계속 호신의 주문을 외고 구九자를 긋는
주법으로 주위에 감도는 요기를 물리쳤다.

그날 밤 뜬눈으로 괴이의 출몰을 기다렸다. 이윽고 새벽 두 시
를 지날 무렵 어디선가 말 울음소리와 말 재갈 소리가 났다. 게다

가 점점 가까워진다.

저택 앞까지 오자 소리는 딱 그쳤다. 말에서 내린 것은 갑주의 무사일까, 신발의 쇠 장식이 달그락달그락 소리를 내고 있다.

"이제 주인어른이 돌아오셨나 보다."

장지 문틈으로 상황을 살피니, 장년의 사무라이가 붉은 두건에 흰 장식이 달린 갑옷을 입고 피가 떨어지는 긴 검을 든 모습으로 옆방으로 들어왔다. 여인은 벌떡 일어나 사무라이를 맞이하고

"오늘 저녁 일은 좀 진척이 있으셨습니까?"

하고 물었다.

"음, 유감스럽고 분하네. 잘 안되었어."

고풍스러운 갑옷 차림의 무사는 뜨거운 눈물을 흘리며 분해한다. 그 시선이 마당 디딤돌에 늘어선 스님들의 짚신에 쏠렸다.

"누구냐!"

날선 물음에 견디다 못한 두 사람은 장지문을 열고 엎드려 말했다.

"죄송합니다. 부재중인 줄 알면서도 무리해서라도 묵게 해 달라고 했습니다. 소승들은 불도 수련을 위해 여행하는 몸이온데 하룻밤 묵어가게 해주시면 그 은혜는 결코 잊지 않겠습니다."

여러 지역을 여행하는 나그네인 것을 알고 주인도 맘을 놓았고 말투도 온화해졌다.

"그렇군, 그랬어. 그건 그렇고 불법 수행을 하시는 중이라니 부럽군. 나도 스님들과 어려운 인연을 맺음으로써 이 죄를 면하

고 마침내 고통의 구렁텅이에서 구원받고 싶군. 고맙고 고맙네."

상황에 너무 몰입하는 듯한 사무라이의 모습에 심상치 않은 요기를 본 스님이 되물었다.

"그런데 어르신께서는 어떤 분이셔서 이런 산중에 틀어박혀 지내고 계십니까? 괜찮으시다면 성함을 알려 주십시오."

스님의 말에 남자와 여자는 눈물을 글썽이며 자신들의 비밀을 털어놓았다.

"말씀드리기 부끄러운 처지지만 이것도 부처님의 연이라 여기고 모든 것을 말씀드리리라. 사실 그 일은 지금으로부터 지난 500년 전 옛날, 나는 후지산 전투에서 이름을 떨쳤던 소가曾我 쥬로스케나리十郎祐成, 그리고 아내는 오이소大磯의 도라虎[4]라네. 우리 육체는 죽어 들판의 이슬로 사라졌으나 혼백은 이 세상에 남아 오백 년의 긴 세월 동안 원수를 미워하는 마음과 부부의 정에 붙잡혀 이승을 헤매다가 밤이 되면 영원히 싸움을 계속하는 수라의 고통을 받고 있는 것이네.

하지만 내 동생 고로 도키무네五郎時致도 마찬가지로 후지산 전투에서 목숨을 잃었지만, 어릴 때부터 불도를 따르며 매일 법화

---

5 가마쿠라(鎌倉) 초기의 사가미(相模)(가나가와현(神奈川県))지역 오이소의 유녀. 『소가 모노가타리(曾我物語)』에 소가쥬로스케나리(曾我十郎)의 애인으로 등장한다. 후지(富士)의 스소노(裾野)에서 소가 형제가 일으킨 전쟁(1193)에서 쥬로스케나리가 죽자 포박되어 조사를 받지만 결국 죄가 없다는 판결이 난다. 출가하여 비구니가 되어 소가 형제의 어머니를 찾아 어머니와 함께 하코네에 올라 형제의 공양을 하고 전쟁이 일어났던 장소도 찾아다닌다. 하코네의 산 속에는 실제로 소가 형제와 도라의 무덤이 현재도 남아있다.

경을 주창한 공덕으로 얼마 전 가이^{甲斐}지방 다케다^{武田} 가문의 아들로 환생해 하루노부 이리미치 신겐^{晴信入道信玄}이라 불리네. 그렇지만 당사자는 전생의 일을 전혀 모르고 살고 있어. 그래서 말인데 스님들께 부탁이 있네. 신겐에게 가서 고로 도키무네의 환생이라는 것을 알리고 수라의 장소를 떠도는 형을 위해 추선공양^{追善供養}을 지내 성불시켜 달라고 일러주지 않겠나. 이 물건이 도키무네의 환생을 증명해 줄 것이야."

그렇게 말하며 금으로 된 칼의 장식을 건네었다.

"밤이 깊었네. 오늘 밤은 피곤했을 게야. 모두 베개를 나란히 하고 그만 자자구."

망자의 권유에 따라 승려들은 그 자리에 누웠다.

잠시 졸다가 소나무 숲을 뚫고 나가는 한줄기의 바람에 놀라 '헉'하고 눈을 뜨니 저택이라고 생각했던 것은 황야의 억새풀 벌판이었다. 정신을 차려보니 마른 풀 사이로 이끼 낀 두 묘석이 썩은 모습을 드러내고 있었다.

"역시 소가 쥬로와 오이소의 도라의 망령이었는가?"

슌닌과 슌지는 그 길로 고슈^{甲州}로 가서 성주 신겐^{信玄}을 만났다.

이야기를 들은 신겐은 품에서 검의 장식 반쪽을 꺼내 망자에게서 발견된 다른 쪽과 맞춰 보았다. 그러자 잘린 부분의 문양이 조금도 다를 것 없이 딱 맞는 것이 아닌가.

신겐 정도되는 장군이 망자의 전언을 믿는 데는 그럴만한 사연이 있었다. 그 사연은 그의 탄생의 비밀로 거슬러 올라간다. 실은 생후 한동안 다케다 집안 장남으로 태어난 신겐은 무슨 이유에서인지 왼쪽 손을 꼭 쥔 채 결코 펴지 않았다. 7개월 만에 겨우 자연스럽게 손을 펴게 되었는데 신기하게도 손바닥에서 부러진 칼 장식 반쪽이 나왔다고 한다.

다케다 가문은 이 사실을 단단히 숨겨왔다. 그런데 승려들이 전해준 아수라 집안의 기이한 이야기로 지금 여기서 신겐이 태어난 수수께끼가 밝혀진 것이다.

소가 고로의 환생인 신겐은 형의 극락왕생을 기리기 위해 고후^{甲府}에 절을 지었다고 전해진다.

『**긴교쿠네지후쿠사(金玉ねぢぶくさ)** 제4권 제1편

• 4. 역신을 살린 남자 •

이것은 한 세공 장인이 만난 이계의 이야기이다.

그는 칼 한 자루만 쥐여 주면 누구도 따라올 수 없는 절묘한 재주를 펼치는 장인이었다. 기계장치 새를 만들어 실제로 날리거나 저절로 술을 따르는 술병과 자연스럽게 열리는 구조의 꽃을 만드는 등 항상 사람들의 눈을 놀라게 했다.

어느 날 이 장인은 비와코에 떠 있는 지쿠부시마竹生島 영지 순례를 결심한다. 들리는 바에 의하면 그곳은 땅밑 곤린자이金輪際[6]에서 솟아난 신비의 섬이며, 장엄한 신전에는 목수가 마음을 다해 정성껏 새긴 명작들이 흩어져 있다고 한다. 그는 자신의 재주를 더욱 연마하기 위해 그는 호수 위를 오가는 세타의 나룻배를 빌려 홀로 고적을 향하고 있었다.

순풍에 돛을 달고 배는 호수의 수면 위를 달렸다. 멀리 해안가에는 비와코 팔경의 명승이 보였다.

그런데 처음에는 구름 한 점 없이 좋던 날씨가 어찌 된 일인지 점점 구름의 흐름이 이상해지면서 배는 심한 풍파에 휩쓸려 뜻밖의 방향으로 떠내려가게 되었다.

얼마 지나지 않아 앞쪽으로 갈대가 우거진 수상한 섬이 나타났다. 기슭에 배를 대고 주위를 살펴보니 온 섬이 온통 소나무와

---

6   불교에서 대지의 최하층에 있다고 생각하는 장소.

삼나무 원시림으로 뒤덮여 있었고, 낮에도 어두운 숲속에는 우뚝 솟은 바위투성이의 산이 늘어서 있다. 산기슭에는 활짝 핀 벚꽃이 만발하다.

이 세상의 것으로는 보이지 않은 광경에 눈을 의심하며 움츠러들던 참에 사냥꾼 옷에 두건 차림의 사내가 나타나 위협하듯 이렇게 말했다.

"저는 이 섬에서 모시는 신사의 주인입니다. 당신에게 좀 부탁할 것이 있어서 찾아왔습니다. 보시지요. 신전 앞에 놓인 사자상 唐獅子이야말로 히다飛驒[7]의 명장이 새긴 명작이 틀림없습니다. 그러나 세월이 지나 비바람 때문에 앞발이 부서져 버렸습니다. 저희 장인들이 어떻게 해서든 이를 고치려 했으나 아무리 해 봐도 저희에게는 복구할 방법이 없어 난감했던 참입니다. 당신은 세공 분야의 달인이시지요. 아무쪼록 도움을 베풀어 주시어 사자의 다리를 고쳐 주시지 않겠습니까?"

장인으로서 이처럼 명예로운 이야기는 없을 것이다. 그는 바로 받아들였고 순식간에 부서진 부분을 원래대로 해주었다.

사냥꾼 차림의 남자는 몹시 기뻐하며 '자, 어서 오세요'라고 하며 손을 잡아 신전 안으로 안내했다. 그곳은 보옥을 아로새긴 멋진 누각이었다. 장인은 상좌로 안내되어 산해진미를 대접받았다. 사냥복 차림의 남자는 직접 술을 따르며,

---

7   일본 기후현 최북단에 위치한 도시. 과거 일본 도산도에 설치되었던 율령국.

대입도 법사나 야차같은 이인들이……
(『아사쿠사슈이모노가타리(浅草拾遺物語)』에서(도호쿠대학부속도서관 소장))

"진심으로 감사하단 말 밖에 드릴 말씀이 없습니다. 마음을 담은 식사이니 부디 사양하지 마십시오."

라며 성대한 연회가 열렸다.

이윽고 밤이 깊어 먼 절의 종이 삼경三更[8]을 알릴 무렵 갑자기 밖이 소란스러워졌다. 무슨 일인지 궁금해 들여다보니 무려 경내에 오뉴도大入道[9]나 법사나 야차 같은 이인들이 각기 양, 늑대, 소 등에 앉아 옹기종기 모여 있지 않은가. 그중의 수령으로 보이는 이형의 마물들이 언성을 높여

"절의 주인이시여, 왜 이리 늦으시는 게요. 어서 나오시오!"

하고 거친 목소리로 재촉했다. 안에서 조금 전의 사냥복 차림 남자가 큰 칼을 한 손에 들고나와

"여기 있소!"

라고 짧게 대답하며 일단 선두에 서자마자 순식간에 요괴들도 짐승들도 어딘가로 사라졌다.

뭐가 뭔지도 모른 채 장인은 요괴들이 달려간 뒤를 바라보고 있었다. 이각二刻[10]이 지나고 사냥 옷을 입은 남자가 숨을 헐떡이며 돌아왔다.

"많이 놀라셨지요? 솔직하게 말씀드리면 우리는 세속에서 두

---

8   심야 11시에서 1시 사이. 하룻밤을 다섯으로 나눈 시간인 오경(五更)의 세 번째 부분.
9   거대한 머리의 요괴.
10 일각은 한 시간을 넷으로 나눈 시간인 15분을 일각이라고 한다. 따라서 이각은 30분이다.

려워하는 역신입니다. 저는 이 무리의 선두에 서는 역할을 하는 신인데 타고 다니는 사자의 다리가 손상되어 제 역할을 하지 못하고 신의 자리를 박탈당할 위기에 처해 있던 참이었습니다. 당신 덕분에 다시 예전처럼 역신으로서의 신격을 되찾을 수 있게 된 것입니다. 답례로 이것을 드리지요."

그렇게 말하고 품속에서 고문서 비슷한 부적을 꺼내 장인에게 주며,

"이것은 역병을 막는 부적입니다. 이 부적을 집 문간에 붙이고 있으면 병마에 시달리는 일은 결코 없을 귀한 물건입니다. 특히 병마가 유행할 때, 이것을 사용해 주십시오. 그럼 이제 그만 쉬어야겠소. 당신은 돌아오는 길을 기억하고 계십니까? 아니면 제가 모셔다드리지요. 자, 이리로."

하고 손을 내밀어 장인을 안내했다. 꿈에서 방황하는 가운데 그는 어느새 세타 선착장으로 돌아와 있었다. 밝아오는 새벽하늘에 새소리가 요란하다.

"그 섬은 실재했을까. 아니면 꿈속의 환영이었던가."

해 뜨는 새벽 물가에 홀로 선 장인은 몇 번이나 어젯밤의 일을 떠올렸다. 그 후 섬의 흔적을 찾아보았지만 모두 허사였다고 한다.

『아사쿠사슈이모노가타리(浅草拾遺物語)』제2권 제2편

5. 모란 등롱

　매년 추석이 되면 교토에서는 음력 7월 15일부터 24일 사이에 각 가정에서, 가신을 위한 제사상을 차리고 조상의 영혼을 맞이하는 전통이 있다. 사람들은 여러 가지 문양으로 장식된 등롱을 만들어 선반 주위나 민가의 처마 끝에 달기도 하고, 조상의 묘 주변 석탑을 장식하기도 한다. 추석의 등롱은 교토를 대표하는 전통적인 조상을 모시는 풍습이다.

　등롱에는 화조나 초목 등의 도안이 장식되어 저마다 아름다움을 뽐낸다. 등불을 켜 밤새 여기저기 걸어 놓았기 때문에 왕래하는 동네 사람들은 갖가지 무늬의 등을 품평을 하면서 둘러보았다.

　한편 광장에는 둥글게 둘러서서 봉오도리[II]를 추는 사람들 주위를 남녀노소 불문하고 많은 구경꾼들이 모여 붐빈다. 교토 사람들은 노래와 춤과 등불의 빛에 물든 여름의 정취를 밤새도록 즐기는 것이다.

　그것은 덴분연간 쓰치노에사루戊申, 1548 때의 이야기이다. 고죠五条 교쿄쿠京極에 하기와라 신노죠萩原新之丞라는 사무라이가 살고 있었다. 사랑하는 아내를 잃은 지 얼마 되지 않았기에 즐거웠던 시절을 떠올리며 눈물겨운 그리움의 나날을 보내고 있었다.

II　불교의식에서 시작된 조상의 영혼을 기리는 일본의 전통 춤으로 오봉(백중)기간 밤에 마을 주민들이 모여 추는 춤.

신노죠에게 올해 추석 명절은 아내가 죽고 나서 맞는 첫 추석 인지라 친구들이 권유를 해도 밖에 나가 돌아다닐 기분이 아니 었기에, 외롭게 경문을 읽고 아내의 묘에 성묘를 가는 나날을 보 내고 있었다. 근심을 달래려고 그는 집 문간에 서서 멍하니 밖을 바라보고 있었다.

무슨 이유인가 떠나지 않는 모습
몸에 남아 있는데도 슬퍼할 수밖에 없네

입에서 자연스레 나오는 시도 전혀 슬픈 마음에 도움이 되지 않고 그저 애절한 정에 시달릴 뿐이었다.

어느덧 추석 15일, 밤이 깊어 갈 무렵이었다. 인적 끊긴 고조 교쿄쿠 근처를 스무 살 남짓한 아름다운 여자가 14~15세 정도 되 어 보이는 여자아이에게 모란꽃 문양의 등롱을 들려 사뿐사뿐 지나갔다. 이목구비의 화려함과 품위 있는 옷차림을 보아하니 이 여자가 그저 보통의 동네 처녀가 아니라는 것만은 분명했다.

기분 전환을 위해 문밖으로 나가 밤바람을 맞던 하기와라는 달빛에 비친 여자의 우아한 모습을 보자마자 한눈에 마음이 설 레어 뭔가에 홀린 듯한 발걸음으로 휘청거리며 여자의 뒤를 따 랐다.

한 백 미터쯤 서쪽까지 왔을 때, 여자는 유혹하듯이 따라오고 있는 하기와라 쪽을 돌아보며 빙긋 웃으며 말을 걸었다.

"제게 특별히 약속한 분이 있는 것은 아닙니다. 누군가를 만나러 가는 것처럼 보이시나요? 아니에요, 오늘 밤 달이 너무 예뻐서 동경하는 맘으로 나온 것뿐입니다. 완연히 밤이 깊어 왠지 무서워요. 만약 싫지 않으시다면 집까지 데려다주실 수 있으세요?"

하기와라는 '잘 됐다!'하고 앞으로 나섰다.

"밤길은 어두워서 힘들겁니다. 괜찮으시다면 저희 집에서 잠시 쉬어 가시지 않겠습니까? 누추한 오두막이지만 이것도 무슨 인연이니 아침까지 이야기 나누는 것도 재미있을 것 같은데 어떠신지요?"

라고 수작을 거는 하기와라에게 여자는 묘한 미소를 지으며

"저도 혼자 사는 몸이라 쓸쓸합니다. 역시 창문의 달은 둘이서 보는 게 더 멋지지요. 사내의 정만큼 고마운 것은 없지요."

하고 먼저 남자의 겨드랑이에 손을 감아 넣는다.

하기와라는 하늘을 오르는 기분이 되어 안절부절못하면서 여자의 손을 잡고 고조의 자기 집으로 데려갔다. 즉시 술안주를 준비하고 시중드는 여자아이에게 술을 따르게 하고, 서쪽 지평선으로 기울어지는 달을 안주 삼아 하룻밤 여인과 대화에 빠져들었다. 나중에 보면 이 만남이야말로 하기와라 신노죠의 수명을 단축시키는 불길한 징조였던 셈이지만, 색에 빠지는 남자의 마음에는 그것을 깨달을 여유가 없었다.

여름 달밤 남녀는 계속 술잔을 들이켰다. 흥에 겨워 하기와라가 시를 한 수 읊는다.

『오토기보코(伽婢子)』(국립국회도서관 소장)

다시 만날 약속은 못 하더라도 첫날밤

오직 오늘 밤만 허락된 것이겠지요.

솟구치는 연정에 여자도 시로 응대했다.

저녁마다 기다린다고 하면 오려시나.

얼굴이 굳어지니 그런 말일랑 마셔요.

선정적인 시구에 하기와라는 이성을 잃고 여자의 오비[12]에 손
을 얹었다. 그날 밤 두 사람은 맺어졌다. 초야를 보내고 정담을
나누는 가운데 동녘 하늘이 하얗게 밝아왔다.

"그런데 당신은 어느 집안 따님이십니까? 적어도 이름만이라
도 가르쳐 주세요."

집안을 묻는 하기와라에게 여자는 신상 이야기를 하기 시작했다.

"저는 후지와라藤原 가문 니카이도 마사유키二階堂政行의 자손입
니다. 아버지가 야마시로山城의 무관직에 있을 때는 집안도 풍족
했지만 시대가 변하고 오닌의 난応仁の乱에 아버지 마사노부政宣가
전장에서 죽은 후, 형제들도 뿔뿔이 흩어졌고 가운도 기울어 저
만 교토에 남겨져 버렸습니다. 지금은 하녀 아이와 만쥬지万寿寺
근처에서 쓸쓸히 하루하루를 보내고 있습니다. 자신의 삶의 굴

---

12   일본 전통의상인 기모노를 입을 때 허리에 두르는 띠.

『오토기보코(伽婢子)』(국립국회도서관 소장)

곡을 이야기하는 것은 부끄럽고 슬픈 일이네요."

괴로운 과거를 아무렇지도 않게 이야기하는 서글픈 표정이 하기와라에게는 유난히 사랑스럽게 느껴져 견딜 수 없었다.

달은 산마루에 지고 옆으로 길게 비낀 구름에 아침 바람이 상쾌하다. 두 사람의 머리맡에서는 꺼지려는 등불의 심지가 하얗게 흐려지고 있다. 이별의 아침이 온 것이다.

못다한 이야기는 끝이 없었지만 여자는 몸단장을 하고 여자아이를 데리고 집을 나갔다.

그 후에도 여자는 황혼 무렵 하기와라를 찾아와 새벽녘 돌아갔다. 게다가 매일 밤이다. 밤마다 만나 사랑을 나누었기에 하기와라는 몸도 마음도 녹아가는 형국이었다. 규방의 달콤한 생활에 빠져들었기 때문인지 사내의 표정은 넋이 나간 듯하고, 눈 깜짝할 사이에 정기를 잃어갔다. 낮부터 문을 닫고 아무도 만나지 않았으며 오로지 땅거미가 지기만을 기다렸다. 뭔가에 홀린 하기와라의 상태는 결국 스무 날에 이르렀다.

하기와라 옆집에는 박식한 노인이 살고 있었다. 그는 혼자인 게 분명한 남자의 방에서 매일 밤 여자의 교성이 들리거나 신나게 노래하고 즐기는 소리가 나는 것을 수상히 여겨 확인해 보기로 했다.

벽 틈으로 들여다보니 놀랍게도 흔들리는 등불 아래 하기와라가 백골과 담소를 나누고 있는 것이 보였다. 백골은 물음에 고개를 끄덕이고 입처럼 보이는 구멍에서 제대로 소리가 나와 대

『오토기보코(伽婢子)』(국립국회도서관 소장)

화를 나누고 있는 것이다. 노인은 믿을 수 없는 광경을 눈앞에서 보고 겁에 질렸다.

노인은 아침이 오기를 기다려 하기와라를 불러 슬며시 사정을 물었다.

"요즘 당신 집에 손님이 자주 드는 것 같은데 어떻게 알고 지내는 사이이신가요? 아니, 아니 아무것도 아니야. 기분 탓일 게야."

하기와라가 비밀이라고 하며 말하려 하지 않는지라 어쩔 수 없이 노인은 본 대로 말했다.

"하기와라 님, 괜찮으신가요? 당신은 무서운 저주에 홀려 있습니다. 실은 어젯밤에 봐 버렸습니다. 밤마다 오는 손님은 이미 썩은 육체의 영혼임이 틀림없습니다. 대개 인간이란 살아 있는 동안 발랄하고 양기를 지닌 상태를 유지할 수 있는 법인데 일단 죽으면 음기가 가득한 불결한 존재로 바뀐다고 합니다. 그런데 당신은 상대가 사악한 요매妖魅인 줄도 모르고 매번 밤을 함께한 것입니다. 이대로는 정기를 빼앗겨 뜻하지 않은 병에 걸려 일찍 죽는 것은 정해진 이치. 아직 젊은 하기와라 님이 이렇게 젊은 목숨을 잃는 것을 간과할 수는 없습니다. 정신을 차리셔야 합니다. 하기와라 님."

최선을 다하는 노인의 설득에 하기와라도 자신의 상황이 심상치 않음을 깨닫고 떨면서 자초지종을 털어놓았다. 노인은 이야기를 다 듣고,

"만쥬지 근처에 산다고 했군요. 그렇다면 그곳에 가서 확인해

보는 것이 먼저입니다."

라고 조언했다. 하기와라는 곧 고죠 거리 서쪽을 향하면서 마데노코지万里小路 부근 강둑을 따라난 골목골목을 여기저기 찾아다니며 여자의 집에 대해 사람들에게 물었으나 누구 하나 아는 이가 없었다.

해질녘까지 찾아다니다 지쳐버린 하기와라는 잠시 쉬었다가 돌아가기로 하고 만수사 경내에 발을 들였다. 무심코 본당 뒤편 묘지를 들여다보니 어느 시대의 것인지도 모를 낡은 영묘가 눈에 들어왔다. 묘비의 이끼를 털어내고 희미한 글씨를 손가락으로 짚어 보았다.

'니카이도 사에몬노죠二階堂左衛門尉 마사노부政宣의 딸, 이야코弥子 긴쇼인레이게쓰젠죠니吟松院令月禅定尼.'

그것은 추석 달밤에 만난 여자의 이름이었다. 무덤 한 쪽에여인이 아끼던 인형이 놓여있고 등에 '아사지浅茅'라는 이름이 보인다. 여인과 동행하던 아이는 인형의 화신이었던 것이다.

그리고 영묘 처마에는 모란 문양의 등롱이 걸려 있다. 더 이상 의심할 여지가 없었다.

"나는 망령과 정을 통하고 있었단 말인가!"

끝을 알 수 없는 공포가 치밀어 올라 쏜살같이 무덤을 나서서는 뒤도 돌아보지 않고 달아났다. 그토록 사랑스럽다고 생각했던 마음이 거짓말처럼 느껴졌다.

'어떻게 해야 하나. 분명 오늘 밤도 찾아올 것이 틀림없다.'

곤경에 처한 하기와라는 노인의 집으로 도망쳐 그날 밤은 한 발짝도 밖으로 나가지 않았다.

다음날 아침 노인의 권유에 따라 하기와라는 가지키토^{加持祈}^禱[13]로 알려진 도지^{東寺}의 고승에게 도움을 청해 사령^{死靈}을 물리치는 부적을 받았다.

"당신은 요매의 속임에 넘어가 생명의 원천인 정혈을 빼내 영혼을 현혹시킨 상태에 빠져 있습니다. 이대로 가다가는 열흘 안에 반드시 죽을 것입니다. 이 재앙을 봉인할 수 있는 것은 이 주문밖에 없을 것입니다. 가져가서 집 문간에 붙이십시오."

고승은 부적을 써서 하기와라에게 주었다. 고마운 스님의 부적의 공력 때문인지 망령은 더 이상 모습을 드러내지 않았다.

오십 일쯤 지난 어느 날 하기와라는 "이제 괜찮다"라며 안도하고 동행 한 명을 데리고 생명의 은인인 도지의 고승을 찾아갔다. 스님은 깊은 감사의 마음을 전하는 하기와라를 보고 살아남은 것을 축하했다.

도지에서 돌아오는 길, 술도 한잔 들어가 완전히 방심한 하기와라는 왠지 모르게 여인과의 나날이 그리워져 부주의하게 만수사 묘역에 들러 니카이도 가문의 묘소를 들여다보았다. 그러자 갑자기 전의 그 여자가 나타나 하기와라의 손을 잡고 원망에 찬 어조로 몰아세웠다.

---

13   밀교(真言密教)의 용어로 병이나 재난을 피하기 위해 부처나 신에게 비는 행위나 그 형식.

"그토록 나를 연모한다는 것은 거짓말이었습니까? 정말 독하신 분, 이 박정하신 분! 다정한 말을 믿고 몸을 맡겼는데. 매일 밤 정을 나누고 새벽에 헤어지는 것을 아쉬워하던 사랑의 나날은 대체 무엇이었습니까? '언제까지나 헤어지지 말자'고 약속했으면서. 그걸…… 그걸 저런 중놈 하라는 대로 제가 싫어하는 부적을 붙이시다니. 더는 용서할 수 없습니다. 오늘만큼은 같이 와주세요. 자 이리로."

이 얼마나 대단한 힘인가. 여자는 하기와라의 팔을 억지로 잡아당겨 묘지 안쪽 깊숙한 곳으로 데려갔다. 동행하던 이는 허둥지둥 절에서 도망쳤다.

소식을 들은 노인과 인근 주민들은 만수사로 달려가 니카이도 일족의 영묘를 찾아냈다. 관의 뚜껑을 열어보니 그곳에는 이미 숨이 끊어진 하기와라가 백골에게 안긴 채로 누워 있었다.

이 일이 있은 후 니카이도 영묘는 만수사 스님의 손에 의해 교토의 라쿠토洛東지역에 있는 도리베야마鳥辺山의 묘지로 옮겨져 하기와라의 유해와 함께 매장되었다.

그러나 그들의 영혼이 편안하게 잠든 것은 아니었다. 얼마 후 도리베야마 부근에 출몰하는 유령의 소문이 교토에 퍼졌다. 비가 부슬부슬 내리는 어두운 밤, 하기와라와 여자가 손을 잡고 여자아이에게 모란 등롱을 들려 헤매고 다닌다는 것이다. 망자의 일행과 마주치는 자는 반드시 미쳐 목숨을 잃었으므로 도리베야마 인근 주민들은 겁을 먹고 떨었다.

이 소문을 가슴 아프게 생각한 하기와라 유족들에 의해 망령을 위한 공양이 성대하게 치러졌다. 천 부의 경문을 읽고 필사한 경전을 무덤에 넣어 기도를 올렸다. 그 후 흉사는 자취를 감추고 교토에는 평화로운 나날이 돌아왔다고 한다.

『오토기보코(伽婢子)』 제3권 제3편

6. 천진난만한 유령

이 이야기는 구리하라栗原 아무개가 전하는 공포의 체험담이다.

에도 고히나타小向日의 무사 집안 으로, 평소부터 친하게 지내던 집에 올해로 다섯 살이 되는 매우 사랑스러운 아들이 있었다. 구리하라를 잘 따랐기에 이 집을 방문할 때마다 선물을 사서 가져갔다. 두 사람은 절친한 사이였다.

잠시 소원해져 있던 어느 날, 무사로부터 '당장 오길 바람'이라는 전언이 왔다. '한밤중에 무슨 일이지'라고 생각하며 구리하라는 저택으로 들어가 평소처럼 안내 없이 현관을 지나 복도 안쪽으로 나아갔다. 그에게는 익숙한 집이었다. 그러자 그곳에 절친한 아이가 싱글벙글 웃으며 뛰어나와 연신 구리하라의 소매를 잡아당기며 부엌 쪽으로 데려가려 한다. '뭐야? 꼬마야, 아저씨는 말이야. 네 아버지가 불러서……' 등의 잡담을 나누면서 부엌에 눈을 돌리니 안쪽에 병풍이 세워져 있고, 그 너머에 누군가 병자를 눕히고 있는 것 같다.

아랑곳하지 않고 그냥 지나려는 데 등 뒤에서 주인의 목소리가 들렸다.

"구리하라 님, 잘 오셨소. 당신을 부르러 간 것은 다름이 아닙니다. 예전부터 예뻐해 주시던 우리 집 꼬마 녀석이…… 이제 막 다섯 살이 되었을 뿐인데 두창을 앓다가 방금 숨을 거둔 것이 아니겠습니까. 안타까운 일입니다."

이미 구리하라 주변에 아이의 모습은 없었다.

"놀랐다기보다는 순간 핏기가 가시고 공포가 밀려 오르는 것을 느꼈습니다."

훗날 그날 밤의 일을 떠올리며 직접 구리하라가 해 준 이야기이다.

『미미부쿠로(耳囊)』 제5권

제5장

인과응보

악행이 저주를 부르다

인과응보란 악한 자는 벌을 받고 선한 자는 복을 받는다는 뜻으로 본래 인간의 행복과 불행의 원인을 과거의 행위에 바탕을 두고 설명하거나 혹은 현재 행실의 옳고 그름에 따라 미래의 화복禍福이 결정되는 것을 설파하는 불교 용어이다.

일본에서 승려가 전하는 인과응보의 가르침은 친숙한 설화나 그림풀이 설법을 통해 일상생활과 접목한 삶의 교훈담으로 변해 갔다. 특히 중세부터 근세 시기의 승방에서는 살인, 도둑질, 거짓말, 사기, 부정 등의 악행의 결과로 자신과 자신의 몸을 망친 사람들의 열전이 인과응보를 드러내는 예로 사용되었으며 불교적 인과관과는 차원이 다른 세속적 훈계로 바뀌어 전해지는 등 이야기를 통해 업보라는 것의 무서움을 서민층의 일상 윤리에 심어 주었다.

이러한 민중 불교의 침투를 기반으로 에도 괴담 속 귀신의 복수담으로 구성된 인과 이야기의 계보가 생겨난다. 무고한 자를 죽이고, 속이고, 금품을 훔친 악인들의 말로를 괴담 형식으로 풀어내는 이야기의 세계이다. 에도 서민의 마음을 사로잡은 인과 응보의 도리에 눈을 돌려 보자.

1. 시체에 깃든 악업

관동関東지역 우쓰노미야宇都宮 다이묘의 안주인은 호칭 때문에 자신이 나이 들어 보이는 것을 꺼려 주위 사람들에게 자기를 '차차'라는 별명으로 부르게 했다. 평소에 자기만 생각하는 성품이었기 때문에 남을 배려하는 마음 따위는 티끌만큼도 없고 조금이라도 마음에 들지 않으면 하인들을 사정없이 때리고 심하게 야단쳤다.

"저렇게 무자비하게 업을 쌓다 보면 틀림없이 언젠가 부처님의 벌이 내릴 게 틀림없어."

저택 사람들이 모두 그렇게 수군거렸다.

그러다 몇 년 후 안주인은 병에 걸려 세상을 떠났다. 시체를 관에 넣어 근처 보다이지菩提寺에 보내 장례 준비를 하는 동안에는 본당 불상 앞에 안치하였다. 그 주위의 경호를 위해 사무라이 수십 명이 에워싸고 본당에 모인 친척들이 스님과 이야기를 나누고 있었다.

해가 중천에 걸렸을 무렵 갑자기 이변이 일어났다. 관 안쪽에서 신음 소리가 나며 덜컹덜컹 움직이기 시작했고 이를 본 사람들은 깜짝 놀랐다.

모인 사람들이 당황해 허둥대는 가운데 관 뚜껑이 날아가고 안에서 무시무시한 형상의 죽은 사람이 기어 나와 그 자리에 인왕처럼 섰다.

대낮에 일어난 일이었기 때문에 시체의 모습을 확실히 볼 수 있었다. 창백한 얼굴은 곧 흉하게 일그러지고, 화난 눈을 부릅뜨고 이를 갈며 울고 있다. 그 모습은 차마 눈 뜨고는 볼 수 없는 형국이다. 긴 머리칼을 하늘을 향해 세우고 시체는 얼마 동안 의미를 알 수 없는 말들을 중얼거리고 있었다.

이 소란에 대해 들은 절의 스님이 달려와 경문을 읽어 혼을 달래 진정시켰다. 곧 망자의 얼굴에서 요기가 사라지고 툭하고 쓰러져 원래의 시체로 돌아갔다.

대낮의 악몽 같은 광경을 목격한 사람들은 생전 악업에 대한 벌에 겁을 먹고 경문의 공력과 승상의 법덕을 입에서 입으로 전했다고 한다.

『소로리모노가타리(曽呂里物語)』 제4권 제5편

2. 호수 위의 도망자

이것은 스루가駿河지역에 속하는 인나이쵸院内町, 지금의 시즈오카시 고자키(狐崎)라는 곳에 살았던 남자에 얽힌 인과응보의 이야기이다.

이 남자가 일로 잠시 시나노지역^{지금의 나가노현}에 체재하고 있을 때 그 지역 여자와 격렬한 사랑에 빠져 장래를 약속할 정도의 친밀한 관계가 되었다. 그러나 그에게는 스루가에 두고 온 아내가 있었다. 잠깐의 사랑을 위해 자기 가정을 버릴 결심을 할 수는 없다. 그렇게 생각한 남자는 연인과의 인연을 끊고 고향으로 돌아가기로 했다. 여자의 입장에서 그것은 생각지도 못한 배신이었다.

남자의 갑작스러운 귀향에 당황한 여자는 흐트러진 용모로 남자의 뒤를 쫓아 스루가로 향했으며, 여기저기 물어 겨우 남자의 집을 찾아냈다.

"이 댁 주인어른 계십니까? 저는 시나노지역에서 주인 어른께 많은 신세를 진 사람입니다. 굳게 한 약속을 믿고 멀리 댁까지 찾아왔다고 전해 주십시오."

손님을 맞던 안주인은 심상치 않은 노기를 느껴 인사도 대충하고 집안으로 단숨에 달려와 남편에게 자초지종을 다그쳐 물었다. 예상치 못한 전개에 곤혹스러워 진땀을 빼면서도 남자는 어떻게든 그 자리를 모면하기 위해 이런저런 말로 달래서 시나노의 여자를 일단 집으로 들였다.

이렇게 아내와 첩이 한 지붕 밑에서 동거하는 불편한 생활이 시작되었다. 하지만 언제까지나 이런 생활이 잘 굴러갈 리가 없었다. 언제부터인가 남자의 마음에 시나노의 여자를 죽이려는 냉혹한 살의가 싹텄다.

어느 날 집에서 아주 가까운 '미호^{三保}의 마쓰바라^{松原}'의 고적지에 기분 전환도 할 겸 보러 가자고 달콤한 말로 시나노의 여자를 구슬려서 뱃놀이를 하는 척하며 깊은 바다로 유인했다. 아무도 보고 있지 않은 것을 확인하고 남자는 갑자기 여자를 밀어 바다에 빠뜨려 익사시키려 했다. 떠오르고 가라앉기를 계속 반복하다 죽기 직전의 고통으로 얼굴을 일그러뜨리는 여자. 다음 순간 기괴하게도 최후의 일념이 작은 뱀으로 변해 배 위로 기어올라 남자의 허리를 감았다. 꾹꾹 눌러 조여오는 뱀을 잡아 떼어버리려고 아무리 발버둥 쳐도 원념의 작은 뱀은 결코 남자의 몸에서 떨어지지 않았다.

역겨움과 후회가 뒤섞인 감정이 남자를 괴롭히고 고통스럽게 만들었다. 그는 필사적으로 뱀을 피할 방책을 간구했다.

"맞아, 고야산高野山이 있어. 그곳은 여인의 출입을 금하는 결계의 장소라고 하지 않는가. 고야산에 오르면 뱀이 떨어질지도 몰라."

그것은 좋은 생각이었다. 이리하여 남자는 몸에 작은 뱀을 품은 채 고야산을 향했다.

여인을 금하는 영험한 산봉우리 고야. 산상의 절에 오르려면 몇 개의 참배로가 있다. 그중 하나인 후도자카不動坂라는 고개에 다다르자 성지의 주력 때문일까? 그토록 강하게 허리에 매달려 있던 뱀이 남자의 몸에서 떨어져 길옆 수풀로 사라졌다. 남자는 불법의 가호에 감사하고 그대로 고야산에 머무르며 3년의 세월을 보냈다. 자신이 죽인 여자의 명복을 빌고 공양을 하며 불도 수행에 힘쓰는 나날이었다.

"이만큼 기도하고 공양을 했으니 이제 원한도 사라졌겠지."

여자의 기일을 눈앞에 두고 남자는 산을 내려가기로 했다. 겨우 그리운 고향에 돌아갈 수 있게 되었다고 생각했다. 그러나 그것은 안이한 생각이었다.

빠른 걸음으로 후도자카를 지나는 남자 앞에 예전의 그 작은 뱀이 기어 나와 달려들었고 또 전과 같이 달라붙어 죄어드니 견딜 수가 없었다.

"용서해. 용서해 줘."

비명을 지르는 남자의 허리를 뱀은 붉은 혀를 날름거리며 희고 탁한 멍한 눈으로 끈질기게 조이는 것이었다. 박정한 배신자의 고통을 비웃듯이.

결국 뱀의 집착으로부터 벗어날 수 없다는 것을 깨달은 남자는 어깨를 떨어뜨리고 터벅터벅 고향으로 가는 길을 택할 수밖에 없었다.

그렇게 작은 뱀과 여행하는 남자 앞에 오미 지금의 시가현(滋賀県) 야바시矢橋의 선착장이 보였다. 도카이도 길 동쪽으로 가려면 야바시에서 나룻배를 타고 비와코 호수를 횡단하는 것이 훨씬 빠르다. 품속의 뱀을 신경 쓰면서 다른 손님이 모르게 기모노로 감추고 남자는 야바시의 승합선에 몸을 맡겼다.

그런데 어찌 된 영문인지 깊은 곳까지 오자 배는 한 치도 움직이지 않았다. 어수선한 승객들을 진정시키며 사공이 말했다.

"이런 일은 처음입니다. 분명 여러분 중에 무슨 이유인지 부정

미호(三保)의 마쓰바라(松原) 뱃놀이인 줄 알았는데……
(히라가나본 『인가모노가타리』(재단법인 동양문고 소장))

한 분이 있어서 호수 신의 분노를 산 것입니다. 정말 죄송하지만 짐을 검사하겠습니다."

한 사람 한 사람 신중하게 수색하는 가운데 부자연스럽게 굵게 부풀어 있는 남자의 허리둘레가 눈에 띄었다. 자세히 보니 기모노에 뱀 모양이 튀어나와 있다. 원인은 이것이었는가. 승객들은 눈살을 찌푸리며 다들 남자를 다그쳤다.

"이런 추하고 괴이한 꼴은 본 적이 없네. 안됐다고는 생각하지만 당신 하나를 위해 배에 탄 모든 이의 목숨을 위험에 빠뜨릴 수는 없어. 나쁘게 생각하지 마시게."

그렇게 말하고는 남자를 붙잡아 뱃전에서 호수에 던져 넣었다. 과거에 미호의 마쓰바라에서 연인을 익사시킨 것과 마찬가지로 남자는 호수 바닥으로 사라졌다.

때는 게이쵸慶長 17년1621 시나노의 여자가 죽은 지 꼭 3년째 되는 날이었다.

무사히 건너편에 도착한 승객의 증언에 의해 무도한 행동으로 결국 자신을 망친 인과응보의 말로가 만천하에 드러난 것이다.

히라가나본 『인가모노가타리』 제1권 제1편

3. 거꾸로 선 여자 귀신

오다 노부나가織田信長의 부하 중에 하시이 야사부로端井弥三郎라는 문무에 뛰어난 사무라이가 있었다. 후에 빈고備後지역의 무사를 모시며 오와리尾張, 지금의 아이치현(愛知県)의 기요스清洲城 성에 살고 있었다. 이 무렵 야사부로는 이누야마犬山 성주의 아들과 남색 관계로 매일 밤 약 3리의 밤길을 오가고 있었다.

어느 날 성의 숙직 당번을 마친 야사부로는 이누야마를 향해 달리고 있었다. 그날 밤은 비가 부슬부슬 내리는 기분 나쁜 밤이었다. 길 중간에 강변으로 가서 뱃사공을 불렀지만 공교롭게도 잠이 들었는지 대답이 없다. 불어난 강물을 도보로 건널 수도 없어 어떻게 된 일인지 잠시 상황을 살피던 가운데 강 둑 위로 흔들리는 수상한 불이 눈에 들어왔다.

점차 가까워지면서 요마妖魔의 정체를 뚜렷하게 볼 수 있었다. 자세히 보니 그것은 여자의 모습을 하고 있다. 다만 거꾸로 서서 긴 머리를 땅에 질질 끌고 두 손으로 천천히 걸어오는 것이다. 더구나 숨을 내쉴 때마다 입에서 불을 뿜어내는 모습은 도저히 이 세상 사람으로 여겨지지 않았다.

야사부로는 칼에 손을 얹고 큰 소리로

"누구냐!"

소리쳐 물었다. 요부가 고통스러운 숨을 내쉬며 대답을 했다.

"저는 강 건너 야무라屋村라는 곳에 사는 촌장의 아내입니다.

남편과 첩에게 무참히 교살된 뒤 남모르게 상류의 강변에 묻혔습니다. 하수인들은 귀신의 보복이 두려워 저의 시체를 거꾸로 해서 구멍을 파고 던져 넣었습니다. 이런 꼴이 된 것은 그 때문입니다. 정말 억울하고 밉습니다.

어떻게 해서든 두 사람에게 복수하고 싶은 마음은 굴뚝같지만, 물구나무 선 채로는 깊은 강을 건널 수가 없습니다. 그래서 누군가 지나가는 분에게 부탁하여 건너편으로 가게 해달라고 부탁하려고 했습니다만, 보통의 여행자라면 물구나무 선 모습에 겁을 먹고 도망칠 것이 틀림없습니다.

담력이 있는 사무라이라면 부탁을 들어 주실 수 있지 않을까 하여 매일 밤 강가를 헤매고 있었습니다. 당신은 천하무적의 강한 분으로 보입니다. 저를 불쌍히 여기신다면 부디 원수를 갚는 데 도움을 주셨으면 합니다. 이 강을 건너게 해 주십시오."

여자는 그렇게 말하며 입으로 푸른 불을 뿜어냈다.

"사정은 잘 알았네. 안심하시게."

야사부로는 망령의 부탁을 들어주기로 하고 나룻배 사공 노인을 깨운 뒤

"이 여자를 배에 태워 주게."

라고 말했다. 하지만 노인은 한눈에 보자마자 깜짝 놀라서 배의 노를 내팽개치고 밖으로 도망쳐 버렸다. 하는 수 없이 야사부로는 여자를 끌어안아 배에 태우고 스스로 노를 저어 어두운 밤의 강을 건네주었다.

강을 건네주시오
(『쇼코쿠햐쿠모노가타리(諸国百物語)』(도쿄국립박물관 소장))

물가에 도착하자마자 물구나무 선 여자는 무서운 기세로 야무라 쪽을 향해 달려갔다.

야사부로도 여자를 따라 촌장의 집 앞까지 간 뒤 문 앞에 서서 저택의 상황을 살피고 있었다.

여자가 집에 들어간 지 얼마 안 돼서 안채에서 '아악!'하고 혼비백산하는 비명이 들렸다.

도대체 무슨 일인가 하고 지켜보고 있는데 조금 전의 거꾸로 선 여자가 이번엔 보통의 자세로 달리기 시작했다.

여자의 손에는 피 묻은 여자의 머리가 들려 있다. 야자부로에게 고개 숙여 인사를 하고

"덕분에 간단히 원망스러운 여자의 목을 딸 수 있었습니다. 이 은혜는 잊지 않겠습니다."

라고 말하자마자 안개처럼 흔적도 없이 사라져 버렸다.

야자부로는 이누야마로 향했지만 촌장의 집에서 목격한 처참한 일이 아무래도 마음에 걸려 다음 날 아침 기요스로 돌아오는 길에 다시 야무라 마을에 들러,

"어젯밤 이 마을에 무슨 일은 없었는가?"

하고 마을 사람에게 물었다.

"그게 사실은 촌장님이 가장 최근에 맞이한 후처가 누군가에게 살해당했다고 합니다. 게다가 목을 비틀어 찢는 잔인한 수법으로 말이지요. 나무아미타불, 나무아미타불."

무서워 떠는 마을 사람의 말에 그는 망자의 말이 사실이었다

는 것이 납득이 가 바로 주군에게 보고하였다.

관료가 야무라에 파견되어 강 상류 부근을 파보니 아니나 다를까 거꾸로 묻힌 여자의 시체가 발견되었다. 전대미문의 악행이 드러나면서 주모자인 촌장은 즉각 처형되었다.

『쇼코쿠햐쿠모노가타리(諸国百物語)』 제4권 제1편

4. 불전 도둑

옛날 우지宇治에서 교토 라쿠추落中에 있는 세이간지誓願寺에 격일로 다니며 참롱기원参籠祈願을[1] 올리던 야마부시[2]가 있었다. 이러한 수행을 '격야隔夜'수행이라고 한다.

언제나 오후 4시경에 절의 경내에서 만나는 50세 정도의 여자를 보고 자신과 같은 독실한 신자가 있다는 것에 감동을 받아

"아, 여인의 몸으로 고된 수행을 하시는 신앙심이 깊은 분이시군. 틀림없이 극락왕생의 큰 뜻을 세운 분임에 틀림없을 거야."
하고 깊이 고개를 끄덕이며 기특한 행동이라고 생각하고 있었다.

그날 밤의 일이다. 야마부시가 세이간지 본당에 들어 밤새도록 기도를 드리는데 깊은 밤 경내에서 요란한 소리가 들려왔다.

"무슨 일이지?"

---

1   절이나 신사에 틀어박혀 일정 기간 밤낮없이 기원을 하는 것.
2   슈겐도의 승려.

하고 밖을 내다보니 네다섯 마리의 옥졸들이 한 여자를 끌어내 팔다리를 들고 공중에 매달아 타오르는 불길 위에 던져 놓고 있다. 마치 생선을 굽듯 뒤집으면서 여자의 몸을 태우는 것이다. 여자는 소리를 지르려 하지만 목소리가 나오지 않는다. 온몸에서 피가 흘러나오고 있다. 업보에 몸부림치며 기름을 짜내는 모습은 바로 지옥도地獄圖 그 자체였다. 이런 고문을 받고 있는데도 여자는 죽지도 못하고 마냥 버틸 수 밖에 없는 것이다.

"도대체 무슨 죄인일까?"

하고 다가가서 살펴보니 그것은 언제나 경내에서 보았던 독실한 여신자다.

"이것 봐라. 사람은 겉보기와는 다른 법이지. 흠잡을 데 없는 열성적인 신자인 줄만 알았는데 뒤에서 뭔가 나쁜 짓을 하고 있었음에 틀림없어. '마두우두[3]의 벌'은 그 대가일 거야."

이 생지옥을 응시하고 있는데 새벽을 알리는 종소리와 함께 귀신도 여자도 흔적도 없이 사라져 버렸다. '이게 꿈일까' 하고 의심도 해 보았지만 딱히 잠들어 있던 것도 아니고 야마부시가 본 광경은 아무리 생각해도 틀림없는 현실이었다.

하늘에 비낀 구름도 흩어지고 곧 해가 떠올랐기에 야마부시는 본존불에게 절을 하고 우지지역으로 돌아왔다.

격야 수행의 법도에 따라 그날 밤은 우지에서 기도를 드리고

---

3   불교의 지옥설화에 등장하는 말머리, 소머리를 하고 사람의 몸을 가진 지옥의 옥졸.

다음 날 다시 세이간지에서 참배를 올리고 있는데 여느 때와 같은 시간에 여자가 나타나 손을 모으고 있는 것이다. 겉보기에는 별반 달라진 것도 없다.

"어쨌든 범상치 않은 죄를 짓고 있는 사람일 것이다."

야마부시는 그제 밤의 강렬한 모습을 떠올리며 가만히 여자의 움직임을 지켜보고 있었다. 얼마 동안 여자는 본존불 앞에 앉아 조용히 합장하고 있었는데 보는 눈이 없는 것을 확인하더니 슬쩍 불전함에 손을 넣어 안에서 2, 3전을 훔치더니 무덤덤한 얼굴로 그 자리를 떠났다.

"이 여자의 죄는 바로 이것이었구나."

하고 납득하고 본당에 올라가 밤을 새우는데 지난번과 마찬가지로 옥졸들이 여자를 데려다가 훈육하는 것이었다.

'분명 이것이야말로 '이 여자를 교화하여 바른길로 인도하라'는 부처님의 가르침일 것이다. 나로 하여금 이런 상황을 환시하게 한 것은 자비로운 부처님의 인도가 틀림없어.'

모든 수수께끼가 풀렸다는 생각으로 야마부시는 우지지역으로 돌아갔고, 다음 날 오늘 밤이야 말로 불전 도둑을 바른길로 이끌겠다는 마음으로 세이간지에 갔다. 4시경이 되자 여자가 모습을 보였다. 여자의 소매를 잡아끌고 경내의 한구석으로 데리고 가서 야마부시는 정중하게 타이르듯 일러주었다.

"소승은 이 절에서 격야 수행을 하는 사람입니다. 수행을 시작한 이래 당신의 모습이 보지 않는 날이 없었으니 그 믿음의 깊이에 감복하고 있었습니다.

그런데 대단히 기묘한 광경을 눈앞에서 본 것입니다. 본당에 참배하고 있었는데 다섯 마리의 옥졸들이 죄인을 벌하고 있지 않겠습니까.

자세히 보니 벌을 받고 있는 여자는 체격이며 얼굴 생김새부터 나이까지 당신을 꼭 닮았습니다. 한 번도 아니고 여러 번 보았기 때문에 결코 잘못 본 것은 아닙니다. 미심쩍으시면 오늘 밤 당신 눈으로 확인하세요. 만약 맘에 걸리는 일이 있다면 숨김없이 악행을 모두 고백해 주셨으면 합니다. 있는 그대로 말씀하시면 분명 부처님의 자비로 사후에 지옥으로 떨어지지는 않을 것입니다. 소승은 그저 당신을 구원하고 싶은 것뿐입니다."

야마부시의 진심 어린 교화에 여자는 얼굴을 붉히고 눈물을 흘리며 모든 것을 털어놓았다.

"정말 부끄럽습니다. 그런 고해苦海가 있었다니. 더 이상 숨기지 않겠습니다. 저는 세이간지에서 2, 3구역 정도 앞 마을에 사는 사람으로 오랫동안 이 근처에 살고 있었습니다. 남편도 없고 아이도 없이 평생 고독한 신세라 생활에 어려움을 겪고 있었는데 특히 봄에는 먹을 것에 굶주리고 겨울은 추위에 얼어붙는 세월을 보내왔습니다.

어느 날, 이 절에 참배할 때 마가 씌었는지 남의 눈이 없는 것을 확인하고 불전함의 불전 스무 푼을 훔쳐 그 돈으로 한동안은 어떻게 해서든 버티게 된 것에 맛을 들여서 계속 돈을 훔치게 된 것입니다. 4시가 넘은 시각에 와서 기도하는 척하며 15전錢, 20전 정도의 동전을 훔쳤습니다. 변명하는 것 같습니다만 고귀한 장소이기 때문에 많이 훔칠 생각은 없었습니다. 어쨌든 생활할 수 있는 정도의 금액을 가져가 지난 3년 동안 덧없는 목숨을 이어 온 것입니다.

어떻게 숨겨도 죄과는 숨길 수 있는 것이 아니라는 것을 잘 알았습니다. 덕분에 제 자신의 죄를 참회할 수 있게 된 것은 먼저 부처님의 자비로운 마음 때문이며, 또 스님의 어진 선도 덕분이라고 생각하고 진심으로 감사하고 있습니다. 조금의 시주조차 할 수 없는 가난이 슬프고 원망스럽습니다. 그렇다 하더라도 제가 저지른 죄과는 정말 용서받을 수 있는 것일까요? 어떻게 하면 제가 부처님의 구제를 받을 수 있을까요?"

그렇게 말하며 오열하는 도둑의 뺨에 후회의 눈물이 흘렀다. 여자는 말을 이었다.

"오늘 밤은 스님과 함께 밤을 새울 수 없을까요? 제가 벌을 받는 모습을 제 눈으로 직접 보고 싶습니다."

"그건 훌륭한 각오입니다. 대악을 저지른 사람도 뉘우치고 바로잡으면 보통 사람 이상으로 선을 행할 수 있다고 합니다. 오늘 저녁을 당신이 선인으로 거듭날 좋은 기회라고 생각하십시오."

신묘한 표정으로 이야기하는 야마부시와 여자를 석양이 감싼다. 밤이 찾아온다.

밤이 깊은 시간에 두 사람은 모두 꿈에 홀린 듯 벌받는 모습을 보았다. 불전 도둑은 옥졸들에게 불태워지며 피눈물을 흘리는 죄인을 눈앞에서 보고 그 모습이 볼수록 자신과 완전히 똑같다는 것을 깨달았다.

"저기를 보세요."

옆에서 야마부시가 속삭이며 끔찍한 지옥의 상황을 직시하라고 채근한다. 여자는 죄를 짓는 것의 무서움에 몸을 떨었다.

4시간쯤 지나 새벽과 함께 처참한 나락의 풍경은 사라졌다. 아침이 오자 여자는 세이간지 스님을 찾아가 모든 것을 참회하고 비구니가 되었다.

그 후 이 비구니는 세이간지를 찾는 참배인을 대상으로 자신이 저지른 악행의 결말을 조근조근 전하고 불교 전파를 위해 열변을 토했다고 전해진다.

『도노이구사(宿直草)』 제2권 제8편

생선이라도 굽듯 여자의 몸을 그을려……
(『도노이구사』(오슈시립도서관 소장))

이것도 세이간지에 얽힌 이야기이다.

교토로 상경한 서쪽 지방 순례자가 세이간지 아미다 불당 앞에 있는 '여래의 정원如来の庭'에서 특이한 체험을 했다. 밤중에 타오르는 화차[4]에 탄 우두마두의 옥졸들이 마흔 살쯤 된 여자를 화차에서 끌어내려 이것저것 심문한 후 다시 차에 태워 서쪽 하늘 방향으로 데려갔다.

순례자는 이 모습에 경악하여 화차의 뒤를 쫓았다. 이윽고 한 쌀가게 안으로 들어가는 것을 확인하고 가게 주인에게 자초지종을 물었다.

"안사람이 4, 5일 전부터 갑자기 병이 나서 밤낮으로 세 차례 온몸이 탄다고 아우성치고 있습니다. 이런저런 의술로 치료란 치료는 다 해 보았는데도 도무지 효과가 없습니다."

라고 하는 것이 아닌가. 그래서 스님은 무슨 일이 있는 게 틀림없다고 생각해 자신이 본 대로 이야기를 해 주었다.

쌀가게 주인은 손뼉을 치며 아내의 비밀을 고백했다.

"사실 제 아내는 아주 욕심이 많은 여자로 평소에도 쌀을 재서 사고 파는 것에 크고 작은 두 개의 되를 남모르게 사용하고 있는데 사들일 때는 큰 되, 또 팔 때는 작은 되를 이용해 폭리를 취하

4　악행을 거듭한 자가 죽은 후 그 몸을 빼앗으러 온다고 하는 요괴.

고 있습니다. 몇 번이나 그만두라고 주의를 주었지만 듣지 않았습니다."

"결국 남을 속이는 간교한 죄로 인해 살면서 지옥의 고통을 겪게 되었을 것입니다. 다음 생을 생각하면 그저 두렵기만 합니다."

이 사건을 계기로 남편은 출가하여 승려가 되어 서쪽 지방 여러 곳으로 수행을 떠났다. 또 아내는 병이 위중하여 얼마 지나지 않아 세상을 떠났고 쌀집은 이을 자손이 없어 대가 끊겼다고 한다.

『쇼코쿠하쿠모노가타리(諸国百物語)』제5권 제2편

6. 빚쟁이의 망령

와카사(若狭)의 한 사내가 무사시(武蔵)로 향하던 도중에 도카이도의 하코네 관문에 이르렀을 때 앞에 5, 6조[5] 정도의 크기의 화염이 검은 연기에 휩싸여 타오르는 것을 보았다. 자세히 보니 불속에서 인간과 비슷한 정도 크기의 검은 것이 움직이고 있다. 변신한 요물 같은 것이라면 상관하지 않는 것이 현명하다고 생각해 모른 척 지나쳤다.

그런데 뒤에서 자꾸 남자의 이름을 부르는 소리가 들린다. '누구일까? 나를 부르는 것은' 하고 뒤돌아보니 불길에서 손을 내밀

---

5   다타미 한 장의 크기. 1조 = 176cm × 88cm.

어 열심히 부르고 있는 것이다.

"누구냐, 나를 부르는 건. 무슨 일이지?"

수도자의 물음에 검은 물체가 대답했다.

"너는 나를 잊었느냐? 3년 전에 죽은 에치젠越前의 지로사쿠次郎作라면 기억이 날 것이다. 내가 아직 건강했을 때 에치젠 오하마小浜에서 너에게 돈 백 푼文을 빌려준 것을 잊었다고는 하지 않겠지. 네가 안 갚으려고 하니 재촉하려고 생각만 하다가 결국 수명이 다한 거야. 여기서 만나다니 잘 됐구나. 오늘은 무슨 일이 있어도 돌려받을 것이다!"

라고 큰 소리로 불성실한 행동을 비난했다.

나그네는 분명히 기억하는 돈이었지만 죽은 사람에게 돌려주는 것은 아깝다고 생각해 모르는 체하고 지나가려고 했다. 그런데 얼마쯤 가니 갑자기 다리가 굳어 한 걸음도 나아갈 수 없었다. 도대체 어떻게 된 일인지 불안에 떨며 뒤를 돌아보니 또 검은 것이 화염에서 얼굴을 내밀며

"내 말을 듣지 않겠다는 것이냐. 그래도 돈을 갚지 않겠다고 한다면 이 자리에서 너를 죽여 버리겠다."

라고 외쳤다. 나그네는 말없이 품에서 돈 백 푼을 꺼내 불길에 던졌다. 갑자기 맹렬하던 화염이 가라앉고 점점 사라졌다. 그러자 가위에 눌려 있던 다리가 거짓말처럼 가벼워졌고 나그네는 하코네의 지옥 길을 벗어날 수 있었다.

여기서 알 수 있듯이 현세에서 빌린 금품을 돌려주지 않은 채

로 두면 반드시 다음 생에 재앙이 닥칠 것이라는 이야기는 믿을 만한 것이라고 할 수 있다.

이 이야기는 와카사의 나그네가 '부처님께 맹세코 절대 거짓을 말하지 않겠다'라고 하면서 직접 전한 실화이다.

『젠아쿠무쿠이바나시(善悪報はなし)』 제4권 제7편

7. 서른 일곱 마리의 원한

히타치常陸지역 가시마鹿島, 현재 이바라키현(茨城県) 시골에 린나이林内라는 사냥꾼이 있었다. 세상에는 여러 가지 직업이 있는데도 린나이는 들새를 잡아 파는 일에 몰두하여 매일매일 동네 젊은이들을 데리고 야산을 돌아다니면서 겨울 폭풍의 밤에도 새의 보금자리를 찾아 살생하기에 여념이 없었다. 린나이에게 목숨을 잃은 새는 셀 수 없이 많았다.

그의 아내는 마음씨 착한 여자로 생물을 죽이는 것은 죄를 짓는 일이라고 그때마다 이야기했지만 남편은 전혀 들어주지 않았다.

그날 밤도 린나이는 사냥터로 나갔다. 남편의 무도함을 안타까워하면서 아내는 혼자 잠 못 들어 하며 세상의 무상함에 대해 절실하게 생각하고 있었다. 바로 그때 옆에 눕혀 두었던 두 아이가 갑자기 겁을 먹고 비명을 지르고 부르르 떨며 온몸에 경련을 일으켰다. 등을 쓰다듬어 주었지만 떨림이 멈추지 않는다.

하룻밤에 서른일곱 차례나 이런 일이 있었으므로 아내는 허둥대며 남편이 돌아오기를 이제나저제나 하고 기다리고 있었다.

밤이 깊어 남편이 문을 두드렸다.

"내가 왔어. 오늘 밤은 최고였어. 많이 잡았어."

신이 나서 사냥감이 든 자루를 토방에 내던졌다. 아내는 울먹이는 목소리로 호소했다.

"아직도 모르시겠습니까? 살생이 얼마나 무서운지 악업의 역겨움을 깨달으셔야 합니다. 오늘 밤 당신이 죽인 새는 모두 서른일곱 마리군요. 중간쯤 되는 것이 여덟 마리, 큰 새가 세 마리, ……저는 잘 알고 있습니다."

라고 세세한 수까지 알아맞히기에 이상하게 생각하면서 주머니속을 살펴보았다. 죽인 새들은 확실히 서른일곱 마리! 아무리 린나이라도 놀라움을 감추지 못했다.

아내로부터 아이들의 몸에 일어난 이상한 일을 들은 린나이는 그 후 살생을 그만두고 사냥도구를 묻은 후 그곳에 봉분을 만들어 새들을 공양했다고 한다. 현재 '도리즈카鳥塚'라고 불리는 이 지방의 유적이 바로 그것이다.

『사이카쿠쇼코쿠바나시(西鶴諸国はなし)』 제4권 제4편

옛날 나가토長門, 지금의 야마구치현(山口県)의 아카마가세키赤間ケ関에 한 부자가 살고 있었다.

그의 아내는 동네에서도 소문난 미인이었다. 옆집 남자가 이 여자에게 연정을 품고 유부녀인 줄 알면서도 편지 등을 보내 눈길을 끌려고 했다. 여자도 그다지 싫지 않은 듯 보였기에 남자는 여자를 찾아가 끔찍하고 간악한 일을 제의해왔다.

"네 남편은 돈은 있지만 별 볼 일 없는 사내야. 그놈보다 내가 훨씬 매력적이라고 생각하지 않니. 그러니 이제 그 녀석을 죽이고 돈을 빼앗아서 나와 함께 타지로 도망치는 것은 어때? 일단 마을 경계를 넘어버리면 추격자도 뿌리칠 수 있을 거야."

여자는 바로 대답한 뒤 그날 밤 즉시 남편을 독살하고 정부와 손을 잡고 집을 나갔다.

두 사람은 일단 부부 행세를 하며 야마구치의 역에 숨어 추격자를 따돌리기로 했다. 해가 지고 어느새 저녁이 다가오고 있었다.

어느 주막에 숙소를 잡고 목욕을 마치고 방으로 돌아오니 무슨 일인지 세 사람 몫의 저녁상이 준비되어 있었다. 일하는 여자에게 따져 물으니,

"어라, 손님은 세 분이서 같이 오시지 않았나요. 이상한데. 다른 일행분은 어디로 가셨나요?"

라며 연신 고개를 갸우뚱한다. 이변을 감지한 두 사람은 적당히

둘러대어 일하는 여자를 내보내고 객실로 돌아가려고 했다. 그러자 등 뒤에서 죽었을 남편이 모습을 드러냈고 두 사람을 앞질러 방으로 들어가는 것이 보였다. 게다가 밥상 앞에 앉아 우걱우걱 저녁을 먹고 있지 않은가. 망령이 젓가락을 놓고 입을 열었다.

"나를 죽이고 어디 가는 것이냐? 뭘 해도 소용없어. 너희 같은 놈들은 지옥으로 떨어질 수밖에 없어. 후훗, 후훗."

밥을 퍼먹으며 입가에는 미소마저 띠고 있다. 두 남녀는 너무나도 놀라 다리가 굳어 그 자리에 주저앉고 말았다.

"죽은 영혼이 우리를 따라다녔던 거야. 아무리 도망쳐도 도망칠 수 있는 것이 아니었던 게지."

두 사람은 단념하고 고향으로 돌아가 자수했다. 물론 엄벌은 피할 수 없었다. 결국 남자와 여자는 목이 잘렸다고 전해진다.

『쇼부쓰칸노켄코쇼(諸仏感応見好書)』 하권

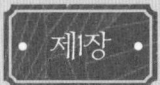
제1장

에도 괴담에는 여자 귀신을 주인공으로 한 작품이 적지 않다. 「요쓰야 괴담」의 '오이와'나 「가사네 연못」의 '가사네累'는 그 전형이라고 할 수 있을 것이다.

이들 중 많은 귀신이 본래는 정숙하고 조신한 성품의 여자가 남자의 변심이나 횡포를 견디지 못하고 죽어 무서운 귀신으로 돌아오는 내용의 괴담이다. 어찌 보면 당시 여성의 입장, 사회의 상황, 그리고 남성의 여성관을 반영한 것이라고 할 수 있다.

시대를 거슬러 올라가면, 남자를 저주하는 여귀의 등장은 11세기의 『곤자쿠모노가타리슈』에서 그 원류를 찾을 수 있다. 이 책에 소개한 「송장을 탄 남자」는 버려진 여자의 복수와 글로는 다 표현할 수 없는 공포체험으로 남자의 목숨을 구한 음양사의 주술을 사실적인 필치로 그려내고 있다. 음양사라고 하면 아베노 세이메이安倍晴明의 활약이 만화나 영화를 통해 일반적으로 알려져 있는데, 그는 천년 전의 설화 속에서 남자와 여자의 애증에 얽힌 실마리를 뛰어난 주술로 해결하는 도심 속의 엑소시스트로 그려져 있었다.

또 이 책에 수록된 「죽은 자의 손목」과 함께, 『곤자쿠모노가타리』의 이 이야기는 이후 라프카디오 헌Lafcadio Hearn, 일본어 이름 : 고이즈미

야쿠모(小泉八雲)에 의해 쓰인 『그림자影, The Corpse-Rider』1900에 수록되어 있다.

참고로 만화가 미즈키 시게루水木しげる가 그린 『곤자쿠모노가타리슈』는 원작과 다르게 표현된 부분이 아주 흥미롭다. 미즈키의 만화 「아내의 원한」은 남편의 반성과 고통을 함께한 아내에게 애정을 느끼는 남자의 심리를 그리면서 끝난다. 애수 넘치는 미즈키의 개작 부분은 동일한 소재를 현대적으로 해석한 면을 잘 보여주고 있다.

헤이안시대에 전해지는 여자 귀신 이야기가 음양사가 주도하는 귀신을 봉인하는 것이 중심인 데 반해, 중세 이후의 질투가 많은 여자 귀신 이야기는 불교 사원이 설파한 "여인죄장女人罪障, 여인성불女人成仏"[1]이라는 종교 윤리의 영향을 강하게 받고 있다. 이 사상은 여성을 태어나면서부터 죄 많은 존재로 규정하고 부처의 자비에 의한 구제를 권하는 내용이다.

17세기 후반 제작된 것으로 히라가나본 『인가모노가타리』는 이러한 불교 설화의 흐름을 이어가면서도 에도시대의 출판 전성기 속에서 보다 재미있는 읽을 거리로 재편집된 작품이다. 편집자 아사이 료이浅井了意는 정토진종 불광사파浄土真宗仏光寺派의 승려이다. 부록에 실린 설교본 가타카나본 『인가모노가타리』에서 소재를 가져다가 그림이 들어간 괴담집으로 만든 것이 료이판 『인

---

[1]   여인은 죄가 많아서 성불할 수 없다는 불교 관념.

가모노가타리』이다.

이 책에 실린 「아내와 첩」은 민간 설교승이 전하는 여자들끼리의 싸움을 그리고 있다. 가타카나본 「여자들의 싸움」과 같은 이야기이지만 한층 더 소설로서 수식을 덧붙인 내용으로 구성되어 있다.

또 여기서는 설교승의 이야기 소재를 모은 책 『젠아쿠고호인넨슈』에서 「어느 밤의 참극」을 소개했다. 일반 서민 사회에서도 장례식이 일상에 뿌리를 내리고 있는 에도의 시대상을 보여주는 괴담이라고 할 수 있을 것이다.

장례식이 죽은 자와 산 자가 만나는 장소임은 지금도 다르지 않다. 그러나 「아내와 첩」에서 질투하는 여자의 죄가 강조되고 있는 것은 중세 이후의 불교사상에 기반한 특색이라고 할 수 있다. 불교는 에도 괴담의 배경 중 하나가 되어 있었던 것이다.

아내와 첩, 혹은 전처와 후처의 증오와 갈등을 귀신이 나타나는 원인으로 본다는 점에서는 1677년 간행된 『쇼코쿠햐쿠모노가타리』의 「옻칠된 여자」 또한 같은 테마를 가지고 있다. 『쇼코쿠햐쿠모노가타리』는 괴담이 실린 가나조시仮名草子[2]의 대표작이다. 불교와 직접적인 연관을 갖지 않는 에도의 괴이 소설 속에 설법승의 에센스가 녹아들어 교훈·교화가 주목적이던 설법에서 진정한 괴담 문예로 변해 가는 과정을 잘 보여주는 한 예이다. 징

---

2 에도 초기에 출판된 여성이나 어린이를 대상으로 한 소설. 읽기 쉬운 가타카나, 히라가나 등의 가나로 쓰여졌으며 계몽·오락적 내용이 많다.

을 울리며 한 칸씩 나아가는 여인의 묘사 등은 현대 호러 영화에도 이어지는 공포 표현일 것이다.

에도시대 아내들은 남편의 기생 놀음이나 첩을 둘러싼 생활 속에서 자신들의 질투심 때문에 괴로워하고 그 해결 방법을 여러가지로 고뇌하고 있었다. 17세기 문학에 등장하는 『린키코悋気講』는 그러한 여성들의 민간 습속을 잘 말해준다. 당시 하이카이俳諧[3] 구절 중에

모두 억울한 것은 풀고 살아야　　　もろともに憂さやはらさん

『린키코』(1695) 「나쓰코다치(夏木立)」

라는 표현이 보인다. 『린키코』는 부녀자들이 모여 남편과 정부의 험담을 나누고 평소의 울분을 터뜨리는 여자들끼리의 모임을 말한다.

17세기 이후 서민층 부인들을 둘러싼 사회 환경의 변화로 확실히 유교적 도덕관념에 맞는 여성의 정조 윤리가 뿌리내리고 있는 반면, 남성에게는 여전히 주색잡기나 호색한 생활을 용인하고 있었다. 그러한 불균형으로 인한 여성들의 억울한 감정이 현실 생활에서 『린키코』를 낳았고, 또 상상의 세계에서는 여자

3　에도시대에 번성했던 일본문학. 정확하게는 하이카이렌가(俳諧の連歌)라고 하고 정통 연가에서 갈라져 나왔으나 유희성을 높인 집단문예로 핫(発句)나 렌구(連句) 등의 형식의 총칭.

귀신의 괴담 문예가 차례로 세상에 나오게 된다. 그런 의미에서 '여자의 질투', '여자의 다툼'을 주요 테마로 삼은 귀신 이야기의 유행은 상업이 발달했던 에도의 조닌町人[4]사회를 무엇보다 잘 반영한 것이라고 할 수 있지 않을까.

불교의 영향이나 여성을 둘러싼 결혼 생활, 연애 생활의 실태를 절묘하게 받아들인 괴담의 흐름은 나아가 메이지 강담[5]의 세계로 이어지게 된다. 여승의 비밀이 밝혀지는 「죽은 이의 손목」은 메이지의 강담사講談師 쇼린 하쿠엔松林伯円이 무대에서 한 이야기를 기술한 것이다. 출전은 1894년 간행된 『햐쿠모노가타리』 마치다 소시치町田宗七의 편집본이다. 문명개화기 시가에 유행했던 강담본의 독특한 형식이 잘 드러나는 예이다.

또한 하쿠엔作円의 특기라고 할 수 있는 여승의 참회 이야기는 라프카디오 헌을 크게 자극한 것으로 보이는데 이것은 「나쁜 인연悪因縁, A Passional Karma」1899년『영의 일본에서靈の日本にて』에 수록에서 결실을 맺는다.

이 이야기는 라프카디오 헌다운 간결한 문체로 정리되어 있다. 끈질기게 인연의 실타래를 다루는 강담본 어조와는 또 다른

---

4   상인이나 장인을 칭하는 에도시대 계급의 하나.
5   연기자가 고좌(高座)에 놓인 석대(积台)라고 불리는 작은 책상 앞에 앉아 부채로 두드려 장단을 맞추면서 군기물(軍記)이나 정담(政談) 등 주로 역사와 관련된 이야기를 관중에게 읽어주는 일본 전통 예능의 하나. 또 이러한 이야기를 하는 직업을 가진 사람을 강담사(講談師)라고 하고 이러한 이야기를 묶은 것을 강담본(講談本)이라고 한다.

매력을 가지고 있으므로 비교해서 읽어 볼 것을 추천한다.

　이와 같이 쇼린 하쿠엔에서 라프카디오 헌으로 이어진 유키코의 기괴한 참회담은 현대 고딕 호러의 대표 작가인 스기우라 히나코杉浦日向子의 만화 작품으로 이어지고 있다. 스기우라의 『햐쿠모노가타리』 제 13화에 수록된 「여승의 참회」는 에도부터 메이지와 쇼와를 거쳐 현대에 되살아난 오랜 괴담의 계보를 우리에게 들려준다. 「아내들간의 질투」라는 주제, 그리고 죽은 이의 원한을 짊어진 비구니 이야기가 오늘날 독자의 마음을 사로잡고 잊혀지지 않는 이유는 무엇일까?

　이 장에서는 피도 얼어붙는 슬픈 복수극의 여러 가지 예를 소개했는데, 그 와중에도 에도의 서민들은 이런 무서운 이야기를 한 번 더 꼬아서 웃음으로 바꾸는 지혜를 지니고 있었다고 볼 수 있다. 이 장의 마지막에 소개한 「파약의 끝에」가 그 전형이라고 할 수 있을 것이다. 이 이야기는 라쿠고[6]에서 가져온 「3년째」라는 작품으로, 남편의 재혼을 둘러싼 일련의 괴담을 역으로 희화화 한 것에서 에도시대 사람들의 다양성과 유희의 정신을 엿볼 수 있다.

---

[6] 에도시대 일본에서 성립되어 현재에 이어지는 전통 예능 중 하나. 노(能)나 가부키(歌舞伎)와 달리 음악이나 특별한 의상 없이 혼자서 몇명의 역할을 하며 손짓 몸짓을 섞어 이야기를 들려주는 예능이다.

오키쿠의 접시(常仙寺お菊の皿)
(이와테현(岩手県) 모리오카시(盛岡市)의 다이센지(大泉寺) 소장)

이 장의 괴담들은 모두 전국시대부터 에도시대에 이르는 무가武家사회를 배경으로 한 약자의 복수를 그리고 있다.

「최후의 일념」은 영주를 저주하는 사무라이가 할복의 자리에서 보인 무시무시한 집념과 망혼의 저주로 인해 한 집안이 멸망하는 것을 보여준다. 잘린 목이 움직이는 괴이한 이야기로 에도의 참수관 야마다 아사에몬山田浅右衛門에 대한 기담이 널리 알려져 있다. 라프가디오 헌의 『괴담Kwaidan』 속 「흥정Diplomacy」도 같은 계통의 이야기다.

「오케하자마 전투의 비화」는 슨푸성 성주 이마가와 요시모토의 가신 참살사건을 발단으로 '바쇼를 읊으면 망한다'는 징크스를 역대 성주의 역사와 접목시킨 하나의 이야기이다. 아베 마사노부阿部正信의 『슨푸 잡지駿府雑志』덴포(天保) 14년, 1843년 창간에 실린 괴담이다. 편저자인 마사노부는 8천 석 녹봉을 받던 막부 대신으로 도쿠가와 집안의 영지인 슨푸성에서 근무한 경험이 있다. 마사노부가 보고 들은 것을 기록한 실록 형식의 괴담이 오늘날까지 전하고 있다는 것은 주목할 만한 점이라고 해도 좋을 것이다.

멸문으로 상징되는 무사 사회의 비극을 다룬다는 점에서 「할복의 아침」, 「여자 포로」도 같은 모티프를 가지고 있다. 다만 전자의 경우는 무도하게 살해당한 승려가 살인자의 아들로 환생해 아버지를 벌하는 새로운 요소를 덧붙이고 있다. 원령의 환생

은 「어느 밤」 유형의 옛이야기에 공통되는 내용으로 18세기 초 괴담소설 『긴교쿠내지후쿠사金玉ねぢぶくさ』나 산토 교덴山東京伝, 1761~1816의 구사조시草双紙[6]에 번안되었을 뿐만 아니라, 나쓰메 소세키夏目漱石의 『열흘 밤의 꿈夢十夜』 중 셋째 밤에도 '다시 태어나는 영혼'의 모티프가 보인다. 무고한 사람을 죽인 벌로써의 환생은 에도 괴담이 즐겨 사용하던 테마 중 하나였던 것 같다.

몇 세대에 걸쳐 반복되는 재앙의 연쇄와 자손의 단절, 그리고 인과응보의 도식. 그것들은 가문의 존속을 무엇보다도 중시한 에도 민중의 생활의 흔적과 도덕관에 기인한 괴이 표현이라고 보면 될 것이다.

그런데 이상의 네 이야기의 공통점은 주인의 비정한 행동이 원인이 되어 무서운 귀신의 저주를 부르고, 결국 명문가의 대가 끊기고 만다는 비극을 역사적 사건이나 실존 인물을 끌어들여 전하고 있다는 점에 있다. 그 과정에서 지금은 폐허가 된 성터나 황폐해진 저택 등이 괴이담의 상징적 배경 증거가 되어 줌으로써 이야기의 리얼리티를 배가시킨 점이 주목할 만하다.

이러한 특색은 「풀이 무성한 폐허」에서도 마찬가지이다. 물론 여기서는 '하녀의 복수'라는 여자 귀신의 공포에 중심을 두고 있으며 괴담의 섹슈얼리티를 생각한다면 약간 이질적인 부류의 이

---

7   에도시대의 그림이 들어간 단편소설의 한 형식. 에도 초기(17세기 중엽)부터 부녀자용의 간단한 설명이 들어간 그림책으로 출판되다가 소설계나 연극계의 움직임에 자극을 받아 점차 복잡하게 발전.

야기라고 볼 수도 있다.

다섯 번째 이야기의 출전인 『후토코로스즈리懷硯』조쿄貞享 4년(1687)는 이하라 사이카쿠1642~1693의 괴담 우키요조시浮世草子[8]이자 창작소설로서의 성격을 강하게 지니고 있다. 『슨푸잡지』와는 다른 종류의 픽션성으로 점철되어 있다고 해도 좋을 것이다. 이 이야기의 원전으로 일본 각지에 전해지는 사라야시키 전설의 영향이 지적되고 있지만, 구비 전설을 채록하고 집필하는 것에 그치지 않고 유모의 오해에서 비롯된 무고한 하녀들의 원통한 죽음에 붓을 든다는 점에서 스토리텔러로서의 사이카쿠의 재능이 발휘되어 있다고 말할 수 있다.

실록과 창작의 사이. 에도 괴담이 시행착오를 반복하며 두 개의 방향성을 매우 훌륭하게 정리해낸 것이 「반쵸 사라야시키」였다.

출전은 에도의 이야기꾼講釈師 바바 분코馬場文耕, 1718?~1758의 『사라야시키 변의록』이다. 한 집안의 소동을 담은 죠루리 「반쵸 사라야시키」1641에 근거하면서 에도 반쵸의 요시다 고텐에 얽힌 괴담을 이야기의 중심에 두고, 아오야마 슈젠의 포악한 행동과 오키쿠 우물의 괴이를 전하는 내용이다.

사라야시키의 속편으로는 먼저 쇼토쿠正德 2년1712 간행된 『도세치에카가미当世智恵鏡』에 「우시고메牛込의 망령亡霊」이란 제목으로 소개되어 있으며, 또 하이쿠 작가 기쿠오카 센료菊岡沾涼의 『에

---

8   근세 소설의 한 종류. 교토를 중심으로 출판된 사실적 서민문학.

188
에도괴담걸작선

도스나고온코메이세키시江戸砂子温故名跡誌』교호(享保) 17년(1732) 간행에 접시 세는 원령을 모신 우시고메의「사라묘진皿明神」전설이 있다. 미타무라 엔교三田村鳶魚는 영국 공사 어니스트 사토가 메이지 1년에 살고 있던 이이다마치飯田町, 지금의 치요다구 이다바시(千代田区飯田橋)의 저택 안의 오래된 우물 옆에 '오키쿠 이나리お菊稲荷'라는 신사가 있어 이 교겐狂言을 상연할 때에는 극장 관계자나 배우가 참배를 하는 풍속이 있음을 언급하고 있다.『미타무라엔교슈(三田村鳶魚集)』8권 이러한 진혼을 위한 기념물의 존재가 아마도 반쵸 사라야시키 이야기가 만들어진 유래가 되었을 것이다.

분코文耕는 나아가 에도 시내에 산재해 있던 구전 설화를 바탕으로 덴쥬인의 만행과 저주받은 요시다 고텐의 이야기를 서두로 하여 아오야마 집안 멸문의 전말을 오키쿠의 우물 괴담과 연결시킨 것이다.

무엇보다 이 이야기의 결말은 정토종 료요 스님의 법력에 의해 오키쿠가 성불하면서 끝이 난다. 사실 이렇게 종교색을 부여하는 것은 17~18세기 에도 사원을 무대로 한 오키쿠 진혼의 연기緣起 전승과 밀접하게 관련되어 있었다.

오늘날 오키쿠의 접시라고 주장하는 보물이 일본 각지의 오래된 사찰들에 전래되고 있다. (예를 들면 이와테현岩手県 모리오카시盛岡市의 다이센지大泉寺, 시가현滋賀県 히코네시彦根市의 쵸큐사長久寺 등) 과거에 에도의 고지마치에 있던 조동종曹洞宗 죠센지常仙寺에서는 19세기 초반 분세이 연간 무렵 성불한 망령이 남겼다고 하는 '오키쿠

접시'를 참배하러 오는 사람들에게 공개했다고 한다.^{출전 : 라쿠엔기(略}

^{緣起)『오키쿠 접시의 유래(菊女皿の来由)』} 이러한 에도의 종교적 상황 또한 사

라야시키 이야기의 유포를 도운 하나의 요인이었을 것이다.

　참고로 죠센지와 가까운 고지마치 모토조노쵸^{元園町}에 살았던

작가 오카모토 기도^{岡本綺堂}는 다이쇼^{大正} 5년¹⁹¹⁶에 희곡 「반쵸 사

라야시키」를 써서 히트시킨 바 있다.

부모와 자식, 부부, 혹은 연인들의 사랑의 깊이를 어떻게 가늠할 수 있을까. 현대의 '사랑', '연정'이라는 말들은 인간의 인연을 나타내는 것으로서 긍정적으로 그려지는 것이 보통일 것이다. 그러나 전근대 사회에서 이러한 감정은 사람을 미치게 하거나, 세상의 규범이나 종교 윤리를 문란하게 하는 인간의 죄 많은 본성으로써 간주된다. 특히 중세 이전의 불교 설화에서 애욕은 추잡하고 있어서는 안 될 감정으로 간주된다. 또한 유교의 도덕적 가치관에서도 사랑은 효孝나 충忠의 하위에 있는 개념이었다.

메이지 1년1868, 고베에서 기독교의 찬송가를 번역할 때 '신의 사랑'에 대응하는 번역어로 '사랑愛'이란 글자를 넣는 것이 부담스러워 '좋아하다好く' 혹은 '좋아하시다好いてはる' 등의 표현을 선택하지 않을 수 없었던 것은 그러한 연애관의 역사가 있었기 때문이라고 봐도 좋을 것이다.

그런데 이번 장에서 다룬 '사랑'을 둘러싼 에도 괴담의 경우에도 전근대의 종교적 도덕관의 영향이 강하게 엿보인다. 다만 그러한 윤리 교훈의 형식을 취하면서도 남녀 간 애정의 어두운 면을 부각시키려는 작가의 의도가 보일락 말락 숨겨져 있다는 점에서 에도 괴담의 문예적 측면을 읽어낼 수 있을 것이다.

각 이야기의 특색을 살펴보자.

「원앙부부」는 중세의 불교설화 『샤세키슈沙石集』를 원전으로

大蛇山内をまうりミしに
鐘乃おもしなるをあやしみ
そろ〳〵づをくゝさまき、ほとくい
尾まて挙〳〵けハ鐘ハあち〳〵場や
もう体より火をへ出るほ〳〵主後大蛇ハ
乃成るの西へ入にょりて死あるとや
乃大蛇の死ある入にハ乃成寺と八幡宮の
蛇塚とて今にあり憶め〳〵出う
右ハ道成る所右の
方よくヤミて見〳〵まう

하는데 이 이야기를 잇큐 스님의 일화로 바꾼 것이다. 다만 『샤세키슈』의 경이설화가 모두 생물을 죽이는 죄를 꾸짖는 '계살설화戒殺說話'인 것에 비해, 에도시대의 해석은 암수의 원앙의 사랑을 죽어서도 '애욕愛欲'의 수렁에서 벗어나지 못하는 죄업罪業의 예로 형상화하고 음탕하고 질긴 욕정을 금하는 교화敎化 의식이 강하다. 사원에서 편집한 『뇨닌오죠키키가키쿠스이女人往生聞書鼓吹』1731라는 책에는 원앙의 사랑 이야기를 남녀 간의 빗나간 사랑을 보여주는 예로 들고 있어 종교서로서의 입장이 잘 나타난다.

또한 사랑의 격정을 어리석은 인간들의 약점으로 생각하는 사상은 설화의 세계에서 도망치는 남자와 쫓는 여자의 이야기로 이어지고 있다. 사랑 때문에 뱀으로 변하는 도죠지道成寺의 여인은 그 전형일 것이다.

「뱀이 된 여인」 이야기는 도죠지道成寺 연기설화 이래로 불교설화의 전통을 잇는 기담이다. 출처인 『기이조단슈奇異雜談集』는 교토京都 도지東寺의 승려가 깊이 관여하여 편집한 불교설화 『간와키이漢和希夷』를 원전으로 하고 있는 책으로 죠쿄貞享 4년1687 그림이 들어간 목판본으로 재출판되었던 가나죠시 형식의 괴담 소설이다.

「무덤 속 어미와 자식」도 『기이조단슈』에 들어있는 이야기 중 하나이다. 다만 여기서 '사랑'은 부모와 자식의 정을 나타내는 것으로써 긍정적으로 받아들여지고 있다. 이 이야기는 옛날이야기의 '육아 귀신育兒幽靈', '사탕사는 여자飴買い女'와 같은 유형의 모자母

子 귀신담이다. 출산이 죽음과 근접했던 시대를 배경으로 하는 슬픈 괴담의 유행이 이런 류의 이야기들을 만들어낸 것은 아닐까.

한편, 사원을 발신지로 하는 무덤에서의 출산에 관한 설화는 결국 민간의 괴담에 녹아들어 고승의 전기나 사원 유래와 관계없이 세속의 이야기로 변해 갔다.

「귀신 아내」는 설화의 원류에 중세 선종에 전하는 고승전의 형태를 보여준다. 예를 들면 조동종의 쓰겐通幻, 1322~1391이 '죽은 여자가 남자와 통해서 낳은 아이'라고 설명하는 설화가 도호쿠東北나 산인山陰의 사원의 연기설화 속에 산재해 있다. 그러한 불교 설화의 경향과 비교하면 이 책에서 소개하는 『쇼코쿠햐쿠모노가타리』의 이야기는 교단과 직결된 고승전설의 성격으로부터 멀어지고 있다. 오히려 어머니의 애정 그 자체에 괴이의 동기를 부여하는 새로운 시대의 괴담이라고 할 수 있다.

나아가 「아이를 부탁해」의 경우 한층 통속적 흥미가 넘치는 귀신 목격담이 되어 있다. 이 이야기는 19세기 초의 민간 기담집 『미미부쿠로』의 일화이다. 편자 네기시 야스모리根岸鎭衛, 1737~1815는 에도시대 한 마을의 부교직奉行職[1]으로 일했던 사람으로, 세간에 널리 퍼져있던 기담의 수집에 중요한 업적을 남겼다.

무엇보다 에도시대에 불교계의 연애 기담이 사라졌다고 단언하는 것은 너무 단순한 생각일 것이다. 예를 들어 「잘린 머리와

---

[1] 헤이안시대에서 에도시대까지 무계 사회의 직책 중 하나. 지방 관청의 관리.

여행하는 남자」는 계율이 엄격한 기숙학교에 애인의 잘린 머리를 들여온 젊은 스님의 이야기였다. 에도의 종교학교인 단린에서 일어난 괴이를 다룬다는 점에서는 현대의 「학교 괴담」의 뿌리에 해당하는 설화라고 봐도 무방할 것이다.

이 이야기와 유사한 사찰 관련 설화가 남아있다. 조동종 대본산 에이헤이지永平寺에는 「슈소탄의 목首座単の首」 이야기라는 거의 비슷한 괴담이 예로부터 전해져 에이헤이지 일곱 개의 불가사의 중 하나로 꼽히고 있다. 또 오타니大谷 대학 소장의 사본 설교 훈육『가이담신피쓰怪談新筆』를 살펴보면, 사이타마현埼玉県 가와고에시川越市의 정토종 렌케이지蓮馨寺를 무대로 한 잘린 목 사건의 전말이 기록되어 있으며, 같은 유형의 기담이 사찰에서 폭넓게 전해지고 있었음을 상상하게 한다. 오늘날 초·중학교에 「학교괴담」이 산재하는 것과 같이, 에도의 종교학교 기숙사에서 생활하는 젊은 승려 사이에는 「승방 괴담」이 은밀하게 전해지고 있었을 것이다. 남자들만 있는 금욕과 계율의 폐쇄 공간이 여자의 잘린 머리를 둘러싼 쇼킹한 이야기의 모체가 된 것을 보면, 거기에서 괴담이 태어나게 된 장소가 가지는 근본적 의미를 읽어 낼 수 있지 않을까.

또한 이 책에 수록된『신오토기보코』1683년 간행에 실린 「잘린 목 이야기生首譚」는 훗날 쓰루야 남보쿠의 가부키 〈게다쓰노키누모미지가사네解脱衣楓累〉1812로 각색되었지만, 문제가 있어 상연이 금지된다.

한편, 여성의 뜨거운 연정을 사악하고 음란한 것의 극치로 간주해 기피하는 불교의 윤리관은 근세 중기 이후의 민간 기담에 계승되어 한층 더 환상적이고 요사스러운 사랑 이야기를 낳는다.

「호수를 건너는 여자」는 가나자와의 시인, 호리 바쿠스이堀麦水, 1718~1783가 편집한 『산슈키단三州奇談』에 들어있는 이야기 중 하나이다. 어두운 밤 호수를 헤엄쳐 건너는 여자를 사랑의 괴물로 그린 『산슈키단』의 이야기는 불교의 여인죄장 사상을 초월하여 인간적인 기담의 세계로 변화하였다. 거기에는 연인을 죽음에 이르게 한 남성 심리의 세부까지 묘사하고 있어 근세 중기 인간에 대한 통찰의 확산을 잘 드러내었다.

참고로 오미지방의 구비문학을 전체적으로 살펴보면, 비와코 호수에 가라앉은 여자의 원한이 2월 경이 되면 비와코에 휘몰아치는 강한 계절풍인 히라핫코比良八荒가 되어 호수 위를 지나는 배에 재앙을 가져온다는 전승이 있다는 것을 생각해 볼 수 있다. 『일본 전설 대계日本伝説大系』 제7권에 따르면 시가현 모리야마시守山市의 쥬게신사樹下神社에서는 매년 음력 2월 24일에 이오야 마쓰리硫黄夜祭를 열어 히라핫코 여인의 혼을 위로하고 호수 위의 안전을 기원한다고 한다. 에도 괴담의 풍토·민속적 배경을 여실하게 보여주는 마쓰리의 유래라고 할 수 있다.

이상으로 이 장에서 다룬 에도 괴담은 모두 개인의 '사랑'을 사회도덕적 규범에 비추어 그리고 있다는 점에서 근세다운 인간에 대한 이해를 표현한 것이라고 할 수 있을 것이다.

변두리 묘지에 출몰하는 요괴들. 해가 산자락으로 넘어가는 황혼 무렵 갑자기 만나는 귀신. 우리 주변에 산재한 괴담의 상당수가 특정한 장소와 시간에 국한되어 회자되고 있다. 이들 괴이 출현의 장소는 일상생활과 이계를 분리하는 물리적 경계^{마을 어귀,} ^{강, 고개 등}나 낮과 밤사이, 계절이 바뀌는 사이, 추석 명절과 같은 시간의 경계인 경우가 적지 않다. 사람이 이계와 접하는 자리에는 일정한 법칙이 있다고 해도 좋을 것이다. 이 장에서 다룬 에도 괴담은 불법 수행자나 비파 법사의 체험담이거나 모두 비일상적 풍경 속에 그려진 것이다.

「헤이케 원령과 비파법사」는 라프카디오 헌『괴담^{怪談}』에 의해 세상에 알려진「귀 없는 호이치^{耳なし芳一}」의 원작이다. 단노우라 전투를 무대로 한 헤이케 귀신 이야기는 이 밖에도『오토기아쓰게쇼^{御伽厚化粧}』,『가유키단^{臥遊奇談}』등의 괴이 소설에도 수록되어 있다. 다만 이 책에 소개한『도노이구사』의 비파 법사 이야기는 이치노타니 전투에 얽힌 고자이쇼노 쓰보네의 죽음『헤이케 모노가^{타리』제9권}을 모티브로 한 것으로, 17세기 초 비파 법사들 사이에 현재 일반적으로 알려진 단노우라의 헤이케 전설과는 다른 나가토 지역 단노우라 전투의 귀신 이야기가 전승되고 있었다는 것을 추측하게 한다. 이치노다니^{一ノ谷}와 꽤 가까운 고베시^{神戸市} 효고쿠^{兵庫区}에 있는 정토종 간죠지^{願成寺}에는 고자이쇼노 쓰보네의 죽음

을 그린 근세 중기의 에마키와 묘가 남아 있기 때문에 이곳을 배경으로 귀신 이야기가 생겨났는지도 모른다.

「하코네의 지옥」은 동반자살로 죽은 딸의 망령이 순례자들에게 증거가 되는 물건을 건네며 고향의 부모에게 전할 것을 부탁했다는 이야기이다. 도카이도 길의 요지인 하코네는 죽은 자가 가는 산이라고 하여 타계 신앙의 장소로 알려진 곳으로, 쥬코쿠十国 고개와 히가네日金山산 도코우지東光寺 주변은 지옥길과 지장보살의 영지라고 전해지는 곳이기도 했다. 에도시대 '이치코イチコ'라는 눈먼 무당이 죽은 사람을 불러내는 접신을 행하는 등 삶과 죽음이 교류하는 신앙의 장소였다고 생각해도 좋을 것이다. 그야말로 동반 자살한 사람들과의 조우에 안성맞춤인 괴이의 장소인 셈이다. 참고로 이 이야기의 원전은 오사카 히라노구平野区에 있는 다이넨부쓰지의 연기설화이다. 이 절에는 하코네 산중의 여자 귀신을 그린 두루마리와 그 증거물인 한쪽 소매가 전해지고 있으며 지금도 추석에 공개되고 있다.

「수라의 집」 또한 이즈伊豆 하코네지방에 예로부터 전해지는 소가 형제의 원령 신앙을 바탕으로 산중에서 일어나는 괴이한 일을 그리고 있다. 『소가모노가타리^{曽我物語}』에 따르면 아버지의 원수를 갚고 후지산 자락에 흩어진 형제의 영혼이 이승에 머물러 수라의 모습으로 화현했다고 한다. 그러한 전승을 바탕으로 소가 고로가 신겐으로 환생하는 전설이 가이 다케다 가문 연고의 고후 다이센지^{大泉寺} 연기 설화에 담겨 19세기 초 에도 시내에 널리 알려졌다.

「역신을 살린 남자」는 역신의 에마² 를 고쳐준 덴노지^{天王寺}의 도공에 얽힌 설화를 재해석한 이야기이다. 옛날 11세기 중엽의 『호케겐키^{法華験記}』하권 제128편에 수록되어 있으며, 근세에는 하야시라잔^{林羅山}의 『혼초진자코^{本朝神社考}』 제6권에 「에마신^{絵馬神}」이라는 이야기가 있다. 역신의 거처를 비와코 호수의 수면에 떠있는 신비로운 섬으로 설정하고 이계의 성격이 강화된 점에서 『아사쿠사슈이모노가타리』의 독창성을 평가할 수 있을 것이다.

이상이 물리적 경계에 관한 귀신 이야기인데 반해 「모란 등롱」은 추석에 이승으로 돌아온 귀신이 인간 남성과 사랑에 빠진다는 점에서 마의 시간을 소재로 한 것이라고 할 수 있다. 무엇보다 이야기의 원전은 중국의 『전등신화^{剪灯新話}』로 외래 괴담을 일본풍으로 번안한 것이다. 원전의 설정은 정월의 성령제를 배경으로 하고 있는데 『오토기보코』의 저자 아사이 료이^{浅井了意}는 이

I   소원을 빌거나 소원이 이루어졌을 때 신사나 절에 봉납하는 그림판.

것을 교토 고죠의 추석 행사의 풍속으로 바꾸고 일본 옛 시의 정취를 더해 일본풍으로 번안하였다. 메이지시대에 이르면 산유테이 엔초三遊亭円朝가 더욱 복잡한 설정을 덧붙여 『괴담 모란등롱』으로 묶었다.

　　장례를 다룬다는 점에서는 「천진난만한 유령」도 모란등롱과 같은 계통에 속할 것이다. 짧은 이야기 속에 아이의 망령과 만난 남자의 두려움이 응축되어 전해지고 있다. 현대 괴담 중에도 장례식장에 간 사람이 죽은 당사자와 스쳐 지나가며 인사를 나누었다는 이야기는 적지 않다.『신미미부쿠로』제7야(夜) 제74화 「사례(謝礼)」 등

하코네의 지옥의 원전은 오사카의 다이넨부쓰지에 전해지는 연기설화이다.
교호9년 성립된 한쪽 소매 연기설화 에마키와 죽은 여인의 한쪽 소매가 지금도 남아있다.
(다이넨부쓰지 소장)

헤이안^{平安}시대^{794~1185} 말기 12세기 작품으로 여겨지는 에마키² 중에 『야마이조시^{病草紙}』라는 작품이 있다. 환각에 시달리는 남자와 지병인 치질 같은 안타까운 병이 있어 지나친 비만에 시달리며 혼자서는 걸을 수 없게 된 여자의 모습이 그려져 있다. 요즘 말로 '메타볼릭 신드롬^{대사증후군}에 걸린 여자'라고 할 수 있을 것이다. 왜 그녀는 그렇게까지 살이 찌고 말았을까. 그 원인에 대해 에마키에 쓰인 글을 보면 교토 시치죠^{七条} 부근에 살던 여자가 돈을 빌려주고 높은 이자를 받아 부당하게 얻은 재산으로 미식에 빠졌기 때문이라고 설명하고 있다. 병든 정신과 행위가 병든 육체를 낳는다는 사고의 근원을 찾는다면 아마도 불교의 인과응보라는 관념과 무관하지 않을 것이다.

'선인선과 악인악과^{善人善果惡人惡果}'라는 악한 사람은 벌을 받고 선한 사람은 복을 받는다는 가르침을 알기 쉽게 번안한 불교 설화들이 17세기 이후 일반 사회의 도덕의식과 혼합되어 새로운 인과응보 설화의 세계를 형성했음은 이미 밝혔다. 그것들은 말하자면 서민의 일반적인 감정에 입각하여 있어서는 안 될 반도덕의 행실을 응징하는 교화 목적의 이야기였던 셈이다.

한편 에도 괴담의 이야깃거리의 하나로 사악한 행위를 응징

2　두루마리 그림책.

하는 귀신의 역습이 즐겨 찾는 테마가 된 데는 시대적 윤리정신이 반영되어 있다고도 볼 수 있다. 에도의 인연담은 세간에 유행하던 계몽 교화 사조를 증오하는 원수를 형상화한 듯한 악인의 파멸을, 복수와 저주라는 구조에 담아 괴이의 한 풍경을 그려낸 것이라고 할 수 있을 것이다. 인과의 인연을 이야기하는 종류의 괴담이 모두 당시의 통속불교서와 비슷한 관계에 있는 것은 반면교사로서 에도 괴담의 위상을 보여준다.

그럼 이 장에 수록된 각 이야기에 대해 살펴보자.

「시체에 깃든 악업」은 장례식장에 일어난 '괴이'이다. 생전의 악업이 망자의 안온을 방해한다는 것은 서민 불교의 교화서에 부합하는 사고방식이다.

「호수 위의 도망자」의 경우도 불교 설화의 변형이다. 스즈키 쇼조鈴木正三의 법화를 모은 가타카나본 『인가모노가타리』에 기록된 것으로, 원저에서는 중세 말 정토종 고승인 곤요 죠닌近登上人3의 인도에 의해 뱀의 업보를 받게 된 악인은 구제되어, 교토 라쿠호쿠洛北 오하라大原의 셋슈인摂取院의 승려 죠오浄応로 다시 태어났다고 한다.4 이에 대해 히라가나본 『인가모노가타리』의 「호수 위의 도망자」 이야기는 세 연인을 익사 시킨 남자가 원념 때문에 호수에 가라앉는 결말을 맞이하여, 일체의 악행을 용서하지 않는 인과응보의 자세로 일관한다. 덧붙여 양다리를 걸친 남자를

---

3   승위(僧位) 중 하나.
4   쓰쓰미 구니히코(堤邦彦), 『여인사체(女人蛇体)』 가도카와총서 33권, 2006.

『야마이조시(病草紙)』「뚱뚱한 여인(肥満の女)」
(후쿠오카시미술관 소장)

책망하는 뱀 여인의 그림은 중세의 지옥도에 견줄 만하다.

살해당한 여자의 복수라는 점에서 「거꾸로 선 여자 귀신」도 같은 계통의 괴담이라고 봐도 무방하다. 원한을 품고 죽은 자의 모습을 물구나무 선 모습으로 표현하는 방식은 16·17세기 설화, 연극, 괴이 소설에서 드물지않다.[5] 일본 풍속 중 '좌전'[6]이라는 왼쪽 옷깃을 앞으로 하는 것을 비롯해서 장례 풍속에는 일상과 반대로 표현함으로써 삶과 죽음의 경계를 나누는 전형적인 민속 의식이 있었다. 「거꾸로 선 여자 귀신」의 희귀한 모습도 그러한 죽음 표현의 반영일 것이다.

「불전 도둑」, 「두개의 되의 악행」은 둘 다 도둑질이나 부정한 상업의 업보를 그리고 있다. 살면서 옥졸의 책망에 허덕이는 자신의 악행을 환시한다는 것도 육도화六道絵나 십왕도十王図, 이른바 지옥도에 도상화되어 나타나는 벌을 받는 모습을 참고로 표현한 것으로 보아 무방할 것이다.

또 다섯 번째 이야기인 두 개의 되를 사용한 사람의 말로는 헤이안平安 전기의 『니혼레이이키日本霊異記』 이래로 종종 등장하는 모티브이며 중국의 권선징악 서적에서 흔히 볼 수 있는 외래 소재이기도 하다. 근세에는 나카에 도쥬中江藤樹의 「가가미구사鑑草」, 아사이 료이浅井了意의 『간닌기堪忍記』 등에 인용되어 윤리 교훈담

---

5 핫토리 유키오(服部幸雄), 『거꾸로 선 여자 귀신(逆さま幽霊)』, 치쿠마 학예문고, 2005.
6 죽은 사람은 산 사람이 옷깃이 오른쪽을 위로 하는 것과 반대로 왼쪽을 위로가게 입혀서 장사를 지내는 것.

양다리 걸친 남자를 혼내주는 뱀 여인
(다테야마 만다라(立山曼荼羅)의 일부(후쿠야마현(富士県) 라이코지(来迎寺) 소장)

의 소재로 이용되었을 뿐만 아니라 지옥도의 그림 풀이를 매체로 민간에 유포되었다. 기후현岐阜県 세키가하라마치関が原町 이마스今須 묘오지妙応寺에 전해 내려오는 「큰 되 작은 되大桝小桝」의 전승과 불교 가요, 그리고 절의 보물인 『묘오다이시 엔기즈에妙応大姉縁起図絵』라는 족자 그림掛幅絵은 설법의 장소에서 전해졌던 전형적인 「두 개의 되」 설화였다.

「빚쟁이의 망령」은 빌린 돈을 갚지 않는 남자에게닥친 귀신의 보복에 관한 이야기이다. 앞서 서술한 하코네 지옥의 전승제4장 해설 참고을 배경으로 하여 '채무'라는 상업 사회에서 빠뜨릴 수 없는 경제 행위를 귀신이 나타나는 이유로 보고 있다는 점에서 상업 사회 에도시대다운 요괴담이라고 볼 수 있다.

또한, 출전인 『젠아쿠무쿠이바나시』겐로쿠, 1688~1704는 얼핏 보면 불교서를 연상하게 하는데, 내용에 있어서 승려와 무관한 오락적 괴이 소설이다. 교훈의 색이 짙은 우키요조시浮世草子의 변주라고 해도 좋을 것이다.

그리고 우키요조시 작품에서 또 한 편을 소개했다.

「서른일곱 마리의 원한」은 이하라 사이카쿠의 『사이카쿠 쇼코쿠바나시』1685년 간행에서 가져온 것이다. 새를 죽인 것과 같은 시각에 사냥꾼의 아이가 고통을 받는 것 혹은 사냥감의 수와 아이가 가위에 눌린 횟수의 일치하는 것과 같은 이상한 공통점의 모티브는 근세의 불교 설화집에 자주 이용되는 소재였다. 예를 들어 겐로쿠元禄 4년1691의 『로쿠도 모노가타리六道物語』, 호에이宝永 8년1711

의 『젠아쿠인가슈善悪因果集』, 교호享保 11년1726의 『쇼부쓰칸노켄코쇼諸仏感応見好書』 등의 설교집에 거의 같은 내용의 기담이 채록되어 있었으며, 살생을 응징하는 인과응보의 실화로서 신도를 대상으로 전해지고 있었던 것은 틀림없는 사실이다. 불교서의 편저자가 이런 종류의 이야기에 「살생으로 인해 현생에서 벌을 받는 일」『젠아쿠 인가슈(善悪因果集)』이라는 제목을 붙이는 것만 봐도 불교가 설파하는 살생을 금하는 사상이 이야기의 중심이 되고 있는 것은 틀림없다.

더 넓게 설화의 유포 경로를 따라가 보면 새의 마리 수가 일치하는 내용의 기담은 『고콘이누쵸몬쥬古今犬著聞集』1684와 『슈스이자쓰와拾椎雑話』1757 등의 민간 설화집에도 채록되어 있으며, 이미 17세기 후반에는 사찰 밖에서 민담처럼 유포되었을 것으로 짐작된다. 이러한 광범위한 전파를 바탕으로 사이카쿠는 여러 지역에 흩어져 있는 기담을 하나로 재구성해 자신의 저서에 넣었을 것이다.

「같이 오신 분은?」은 현대의 도시 괴담을 연상시키는 종류의 괴담이지만, 실은 이것도 불교 설화의 인과응보담에 뿌리를 둔 것이다. 즉 출전인 『쇼부쓰칸노켄코쇼』는 이키壱岐의 조동종 승려 유잔猷山이 편집한 불교서로 설법을 위한 소재를 모은 책의 성격이 짙다.

이 계통의 설화는 원래 중국의 인과응보담에서 기원한다. 한 예로 명나라1368~1644의 권선서勧善書인 『데키키쓰로쿠迪吉録』에 도

망치는 살인자를 따라다니는 희생자 귀신과 한 그릇 더 놓여있는 저녁 식사의 괴이가 기록되어 있다. 또한 일본에 유입된 후에는 아사이 료이의 『간닌기』에 번역된 것을 시작으로 사이카쿠의 서간체 소설 『만 통의 편지万の文反古』의 소재가 되었고, 좀 더 근대에 가까운 작품으로 오카모토 기도岡本綺堂의 「기소의 나그네木曽の旅人」에도 반영되었다.

오늘날의 괴담집에서도 자주 볼 수 있는 '그림자처럼 따라다니는 귀신' 설화 유형은 중국에서 기원해 멀리 바다를 건너 근세 일본의 소설이나 불교 설화에 영향을 미치고, 여러 가지로 형태를 바꾸면서 인과응보의 무서운 주박呪縛이 괴이담의 한 테마로 정착되어 가는 모습을 잘 알 수 있다.

이 책의 괴담은 주로 에도시대부터 메이지 원년 사이에 출판된 소설, 강담본, 기록 등을 출처로 하고 있습니다. 각각의 서적의 특색에 대해서는 각 장의 해설에 기술했지만, 그 중에는 일반적으로는 접하기 어려운 마이너한 작품도 포함되어 있습니다. 잘 알려지지 않은 책이라도 일본 괴담의 흐름을 알 수 있는 중요한 것은 일부러 넣었습니다.

예를 들면, 『도노이구사』의 소재가 된 귀신은 라프카디오 헌의 「귀 없는 호이치」의 원전으로 헤이케 원령전설平家怨靈傳說의 옛모습을 오늘날에 전해주는 작품이며, 또 『오토기보코』의 모란등롱은 엔쵸 작품을 통해 세간에 알려진 중국계 괴담 중 가장 이른 시기의 번안작품입니다. 모두 '헌'과 '엔쵸'를 이야기하는데 빠뜨릴 수 없는 일본 고딕 호러 작품의 고전이라고 할 수 있을 것입니다.

하지만 에도 괴담의 에센스를 맛보려면 역시 원작으로 돌아갈 필요가 있다고 생각합니다. 여기에 소개한 괴담을 더 자세히 원문으로 읽고 싶으신 분은 다음과 같은 텍스트를 참고해 주시길 바랍니다. 이 책에 담긴 괴담은 물론 그 밖에도 여러 설화가 실려 있으니 읽어 보실 것을 권하고 싶습니다.

• 다카다 마모루高田衛 편, 『에도카이단슈江戸怪談集』 상·중·하, 이와

나미문고岩波文庫, 1989.

- 다카다 마모루高田衛編 편,『긴세이키단슈세이近世奇談集成』1 총서 에도문고叢書江戸文庫 26, 국서간행회国書刊行会, 1992.

- 다치카와 기요시太刀川清 편,『햐쿠모노가타리카이단슈세이百物語怪談集成』총서 에도문고 2, 국서간행회, 1987.

- 다치카와 기요시太刀川清,『속편 햐쿠모노가타리카이단슈세이続百物語怪談集成』총서 에도문고 27, 국서간행회, 1993.

- 기고시 오사무木越治,『우키요조시카이단슈浮世草子怪談集』총서 에도문고 34, 국서간행회, 1994.

- 쓰쓰미 구니히코堤邦彦 스기모토 요시노부杉本好伸,『긴세이민간이분카이단슈세이近世民間異聞怪談集成』, 국서간행회, 2003.

- 쓰쓰미 구니히코堤邦彦 편,『반쵸 사라야시키番町皿屋敷』, 국서간행회, 2006.

그밖에『가나조시슈세이仮名草子集成』도쿄당출판東京堂出版에『기이조단슈奇異雑談集』,『잇큐쇼코쿠모노가타리』등 에도 설화 작품이 수록되어 있습니다.

　제가 처음에 에도 괴담에 흥미를 가지기 시작한 것은 2005년 애니메이션을 만드는 꿈을 가지고 일본 유학을 시작했을 때부터인 것 같습니다. 당시 한 시즌에 요괴를 소재로한 애니메이션만 4~5편이 텔레비전에서 방영되는 것에 놀랐고, 에도시대의 요괴 그림들의 기획전이 열리고, 또 요괴 관련 상설 전시가 있는 기념관도 있다는 게 너무 신기했습니다. 그러면서 저는 한일의 시각문화의 차이점에 대해 관심을 갖기 시작했습니다. 한국에도 요괴 이야기가 없는 것은 아니지만 조선시대까지는 요괴를 그린 그림이 별로 없는 것에 비해 일본은 에도시대부터 이미 풍부한 요괴 이야기와 시각자료가 있다는 점이 흥미로웠습니다. 이때 근세문학의 권위자이시고 이 책의 저자이신 쓰쓰미 선생님을 만나 에도시대의 다양한 문헌들을 소개받았고 새로운 세계를 만나게 되었습니다. 또 다양한 분야의 요괴 관련 연구자들과 연구회가 있다는 것을 알게 되었고 참가하기 시작했습니다. 이 책에 소개한 서적들은 대표적인 에도시대의 다양한 서민문학 작품들로 괴이에 관한 언어적 묘사와 풍부한 삽화로 가득합니다. 정말 엄선해서 뽑은 많은 이야기들로 에도괴담 중 극히 일부입니다.

　저는 이 책의 이야기들이 의외로 한국사람들에게도 공감이 가는 부분이 꽤 많다고 생각합니다. 조선과 에도는 엄격한 신분제 사회로 여성에게 특히 가혹한 유교적 도덕이 강조되었던 사회였기때문에 두 사회에는 죽은 후에라도 귀신이 되어 나타나 복수를 하고 싶을 정도의 억울함이 존재했다는 공통점이 있습니다. 최근 다양한 일본의 역사와 문화를 소개하는 책들이 한국에서 출판되고 있는 가운데 이 책이 일본문학에 관심이 있는 분 뿐만 아니라 장르물로서의 괴담을 즐기는 분들에게도 새로운 경험이 되기를 바랍니다.

저자이신 쓰쓰미 선생님께서 수업을 염두에 두고 학생들이 이해하기 쉽도록 쓰셨지만, 본래의 이야기가 가진 예스러운 정서를 살리기 위해 당시 시대의 어투를 많이 사용하셨기 때문에 한글판에서도 그런 점을 고려하여 옛 말투를 적절히 활용하고자 노력했습니다. 또 독자 여러분의 이해를 돕기 위해서 원전에는 없는 주석을 추가했습니다.

마지막으로 이 책을 한국에서 출판하는 것에 기꺼이 동의해 주시고 협조해 주신 일본의 쇼덴샤와 쓰쓰미 선생님께 감사드립니다. 또 언제나 미숙한 저의 요괴와 괴담 연구를 도와주시는 괴담문예연구회 여러분께도 이 기회를 빌어 감사의 마음을 전하고 싶습니다.